U0147905

麗文文化事業

實用中文

第二版

金清海、伍純嫻

——主編

吳連堂、伍純嫻、金清海、丁孝明、康維訓
呂立德、王玉佩、陳龍騰、林秀珍、陳祺助

——編著

■ 國家圖書館出版品預行編目（CIP）資料

實用中文／吳連堂, 伍純嫻, 金清海, 丁孝明, 康維訓, 呂立德, 王玉佩, 陳龍騰, 林秀珍, 陳祺助編著；金清海, 伍純嫻主編. -- 二版. -- 高雄市：麗文文化事業股份有限公司, 2022.08
　　面；　公分
ISBN 978-986-490-205-7（平裝）

1.CST: 國文科 2.CST: 讀本

836　　　　　　　　　　　　　　111012135

實用中文（第二版）

二版一刷 2022年08月　二版二刷 2023年09月

策劃	正修科技大學通識教育中心
主編	金清海、伍純嫻
編著者	（依章節順序排列） 吳連堂、伍純嫻、金清海、丁孝明、康維訓 呂立德、王玉佩、陳龍騰、林秀珍、陳祺助
書名題字	康維訓
責任編輯	鍾宛君
封面設計	黃士豪
發行人	楊曉祺
總編輯	蔡國彬
出版者	麗文文化事業股份有限公司
地址	802019 高雄市苓雅區五福一路57號2樓之2
電話	07-2265267
傳真	07-2233073
網址	www.liwen.com.tw
電子信箱	liwen@liwen.com.tw
郵撥	41423894
購書專線	07-2265267 轉236
臺北分公司	100003 臺北市中正區重慶南路一段57號10樓之12
電話	02-29222396
傳真	02-29220464
法律顧問	林廷隆律師
電話	02-29658212

行政院新聞局出版事業登記證局版台業字第5692號
ISBN 978-986-490-205-7（平裝）

麗文文化事業

定價：350元

●版權所有・請勿翻印　　　　　　　　●本書如有破損、缺頁或倒裝，請寄回更換。

編輯大意

一、本書編輯目標在提升學生中文的實用能力，以適應職場及日常生活中應對進退之所需。

二、本書係針對大學校院學生以實用為目的之需求，全書計分十四個單元，各單元編著者依其專精學養及豐富教學經驗而撰稿。

三、本書為區隔院際之需求與特色，其中契約與存證信函、國家賠償請求制度為工學院必授之單元；簡報與企劃書為管理學院必授之單元；旅遊文學與報導文學則為人文社會學院、生活創意學院必授之單元。至於公文、書信、會議文書的寫作與範例、履歷及自傳、邀請函、讀書報告與學術論文、對聯、題辭等單元為一般性需求，任課教師可自行斟酌選授。

四、因時勢與時俱移，初版內容謬誤及不合時宜之處多有，爰以進行修訂而有本版之成書。本版展現如下之編輯特色：版面設計精良、範例切合生活、體例力求統一、編校態度嚴謹。

五、本書係集實用中文教學多年之教師合力編著而成，編著者均註明於目次頁各單元之下，以示文責。所有參與編著之教師，一本認真態度，力求完善妥適。惟掛萬漏一，瑕疵難免，尚祈方家、讀者、任課教師及學界先進，不吝賜教，惠予斧正。

目　錄

單元 1 ＼ 公 文

吳連堂

公文的意義

公文是處理公務的文書，有一定的製作、傳遞程序及格式。

公文的發文與受文者當中，至少有一方為機關。所謂機關，不限於「公務機關」，也包括一般的「私人機關」，只要它是處理公務，而不是私人的事務。如民眾與政府機關接洽公務，所使用的文書是公文，民眾與民營公司接洽事務，對該公司而言，屬於公司之「公務」，所用的文書也是公文。

二 公文的類別

依「公文程式條例」公文分為六種：

（一）令

公布法律、任免、獎懲官員，總統、軍事機關、部隊發布命令時用之。

（二）呈

對總統有所呈請或報告時用之。

（三）咨

總統與立法院、監察院公文往復時用之。

（四）函

各機關處理公務有下列情形之一時使用：

1. 上級機關對所屬下級機關有所指示、交辦、批復時。

2. 下級機關對上級機關有所請求或報告時。

3. 同級機關或不相隸屬機關間行文時。

4. 民眾與機關間的申請與答復時。

（五）公告

　　各機關就主管業務或依據法令規定，向公眾或特定之對象宣布周知時使用。其方式得張貼於機關之公布欄、電子公布欄，或利用報刊等大眾傳播工具廣為宣布。

（六）其他公文

　　其他公文為其他因辦理公務需要之文書，依行政院祕書處《文書處理手冊》舉例，計有書函、開會通知單或會勘通知單、公務電話紀錄、手令或手諭、簽、報告、箋函或便簽、聘書、證明書、證書或執照、契約書、提案、紀錄、節略、說帖及定型化表單共十六種。

　　本書因限於篇幅及實際授課需求，僅選定令、函、簽、公告四種說明。其中簽是承辦人員就職掌事項，或下級機關首長對上級機關首長有所陳述、請示、請求、建議時使用。

三　公文結構

　　構成公文的各部分，稱之為公文結構，一般公文結構，大略有以下項目，不過因公文類別或內容目的的不同，項目會有所增減。

（一）發文機關及文別

　　發文機關是發文的主體，文別是指公文的類別。發文機關必須用全銜，不可用簡稱，如「○○科技大學」不能簡寫成「○○科大」，「行政院原住民族委員會」不能簡寫成「原民會」。文別如「令」、「函」、「開會通知單」。

（二）發文機關資料

為便利公文收發機關或民眾間相互聯絡作業，有關相互往來之公文如函等，列有發文機關之相關資料，包括「地址」、「傳真」、「電話」、「電子信箱」及「聯絡人」等。「聯絡人」通常即為案件承辦人。

（三）受文者

受文者是公文行文的對象，機關應寫全銜，個人則寫姓名，姓名後加「先生」、「女士」或「君」。但公布法律的令，另有它的形式，不列「受文者」。公告因為是要使公眾周知，沒有特定的受文對象，也不列「受文者」。至於下級機關首長對直屬上級機關首長的簽，可將受文者寫在本文之後，只在對方的名銜之前加「謹陳」、「敬陳」字樣即可。

（四）發文日期

發文日期是公文發出的日期，以中華民國紀元為準，包括年、月、日。

（五）發文字號

發文字號是公文發文時編列的一組代字及號碼，以便於公文的查考及引據。「字」是承辦單位的代字，由機關自行訂定，如正修科技大學以「正工」代表「工學院」，「正企」代表「企業管理系」。至於「號」是包括年分及流水號的一組數字，通常為十碼，前三碼代表年分，之後為流水號，流水號於每年一月一日重新起算。如正修科技大學所發出的一份公文，字號為「正工字第 1050005168 號」，即代表「由工學院所承辦，於一〇五年發出的第 5168 號公文」。

（六）速別

速別是指希望受文機關辦理本件公文的時限。公文的速別分為「最速件」、「速件」及「普通件」，發文機關應確實考量案件的緩急，註明「最速件」或「速件」，如為「普通件」則不必填列。一般公文的處理時限，最速件為一日，速件為三日，普通件為六日。

（七）密等及解密條件或保密期限

密等是指公文的機密等級。機密文書區分為國家機密文書及一般公務機密文書，國家機密文書的密等分為「絕對機密」、「極機密」、「機密」；一般公務機密文書則列為「密」等級。不屬機密文書則不必填列。保密期限或解除機密條件之標示，應以括弧標示於機密等級之下。其解密條件有「本件於公布時解密」、「本件至某年某月某日解密」、「本件於工作完成或會議終了時解密」等。

（八）附件

附件是隨同公文附帶遞送的物件。附件應註明內容名稱、媒體形式、數量等；附件有二種以上者，應分別標以附件一、附件二、……；附件未隨文發送者，應予註明；附件以正本為原則，如需附送副本收受機關，應在「副本」項內之機關名稱右側註明「含附件」。

（九）本文

即公文的主體。令可以不分段；函採「主旨」、「說明」、「辦法」三段式；簽採「主旨」、「說明」、「擬辦」三段式；公告採「主旨」、「依據」、「公告事項」三段式。但「主旨」一段可完成者，不必強分二段、三段；二段可完成者，不必強分三段。詳細說明請參見令、函、簽、公告之結構與作法。

（十）正本

正本是指公文發送的主要對象，可以是一個機關或人民，或一個以上的機關或人民。

（十一）副本

公文有分行之必要者，為避免重複辦稿，可儘量利用副本。使用時機如受理之案件，主體機關或通案分行之機關用正本，其餘有關聯或預計將有同樣詢問之機關用副本。又如收到其他機關來文，一時未能函復，須向其他機關查詢者，可將查詢行文之副本抄送來文機關。副本除

知會外，尚須收受副本機關處理者，得於文內「說明」段加敘請就某一事項予以處理。已抄送副本之機關單位，如其後續來文，內容已在前送副本中列明者，即不必再答復。

（十二）署名

署名即在公文之末，由機關首長簽署職銜姓名，或加蓋印章，以示負責。上行文應署機關首長全銜、姓名；平行文及下行文則僅署首長職稱、姓名。遇有機關首長出缺由代理人代理首長職務時，由代理人署名；機關首長因故不能視事，如病假、事假、出國等，由代理人代行首長職務時，其機關公文，除署首長姓名註明不能視事事由外，應由代行人附署職銜、姓名於後，並加註「代行」二字。

（十三）印信

公文蓋用印信，目的在防止偽造、變造，以資守信；副本之蓋印與正本同。一般公文蓋用機關印信的位置，以在首頁右側偏上方空白處為原則，簽署使用之章戳位置則於全文最後。不過目前政府單位、學校等為提升時效，多數公文已採電子交換方式傳遞，不用印信，而另以具有防偽功能，類似密碼的辨識方式處理。

（十四）副署

副署是依法應副署的人在公文的首長署名之後，加以署名，以示與首長共同負責之意。副署不是公文的必備要件，但依法應副署而未副署的公文，不具效力。

四　公文用語

公文用語有些依法律或習慣，有特定用法，代表特定的意義，茲將公文常見用語，列表說明如下。

公文用語表

類別	用語	適用範圍	備註
稱謂語	鈞	有隸屬關係的下級機關對上級機關用，如「鈞部」、「鈞府」。	1. 直接稱謂時用。 2. 書寫「職」或自稱名字時，應側書。 3.「先生」、「女士」、「君」亦用於間接稱謂。
	大	無隸屬關係的較低級機關對較高級機關用，如「大院」、「大部」。	
	貴	對平行機關、或上級機關對下級機關、或上級機關首長對下級機關首長、或機關與人民團體間用之，如「貴府」、「貴校」、「貴會」、「貴公司」。	
	鈞長、鈞座	屬員對長官、或有隸屬關係的下級機關首長對上級機關首長用。	
	台端	機關或首長對屬員、或機關對人民用。	
	先生、女士、君	機關對人民用。	
	本	機關或首長自稱，如「本縣」、「本館」、「本局長」。	
	職	屬員對長官、或有隸屬關係的下級機關首長對上級機關首長自稱時用。	
	本人（名字）	人民對機關自稱時用。	
	該、職稱	機關全銜如一再提及可稱「該」，如「該局」；對職員則稱「該員」或「職稱」。	間接稱謂時用。
引述語	……奉悉。	接獲上級機關或首長公文，於引敘完畢時用。	
	……敬悉。	接獲平行機關或首長公文，於引敘完畢時用。	
	……已悉。	接獲下級機關或首長公文，於引敘完畢時用。	
	復（來文機關發文年月日字號及文別）	復文時用。	
	依（依據）（來文機關發文年月日字號及文別或有關法規、契約、……）辦理	告知辦理之依據時用。	
	……（發文年月日字號及文別）……諒蒙鈞察	對上級機關發文後續函時用。	
	……（發文年月日字號及文別）……諒達（計達）	對平行或下級機關發文後續函時用。	

類別	用語	適用範圍	備註
准駁語	應予照准、准予照辦、准予備查	上級機關對下級機關或首長用。	
	應予不准、應予駁回、未便照准、礙難照准、應從緩議	上級機關對下級機關或首長用。	
	如擬、可、照准、准如所請	機關首長對屬員或其下屬機關首長用。	
	敬表同意、同意照辦	對平行機關用。	
	不能同意辦理、無法照辦、礙難同意、歉難同意	對平行機關用。	
請示語	是否可行、是否有當	通用。	
期望及目的語	請鑒核、請核示、請核備、請備查、請釋示、請核轉	對上級機關或首長用。	
	請查照、請查照辦理、請辦理惠復、請查照惠復、請查照轉知	對平行機關用。	
	希查照、希照辦、希辦理見復、希查明見復、希請查照轉知、請查照、請照辦、請辦理見復、請查明見復、請查照轉知	對下級機關用。	
附送語	附陳、檢陳	對上級機關或首長用。	
	檢送、檢附、附送	對平行及下級機關用。	

五 令的結構與作法

令有公布法律、發布法規命令及人事命令二種。

（一）公布法律、發布法規命令

1. 令文可不分段，敘述時動詞一律在前。如：

訂定「○○○施行細則」。

修正「○○○辦法」第○條條文。

廢止「○○○辦法」。

2. 公布法律、發布命令應以刊登政府公報或新聞紙方式為之，並得於機關電子公布欄公布；必要時，並以公文分行各機關。

（二）人事命令

1. 人事命令包括任免、遷調、獎懲。

2. 基於文書簡化原則，人事任免等例行案件，宜用定型稿。

六 函的結構與作法

函是最常使用的公文類別。

（一）函的結構

採用「主旨」、「說明」、「辦法」三段式。可用「主旨」一段完成者，不必作成二段、三段；可用二段完成者，不必作成三段。

1. 主旨

（1）為全文精要，以說明行文目的與期望，應力求具體扼要。

（2）「主旨」為必要段落，不分項，文字緊接段名冒號之後書寫。

（3）概括之期望語「請核示」、「請查照」等，列入「主旨」，不在「說明」、「辦法」段內重複。

（4）訂有辦理或復文期限者，宜在「主旨」內敘明。

2. 說明

（1）當案情必須就事實、來源或理由，作較詳細之敘述，無法於「主旨」內容納時，用本段說明。

（2）說明僅一項時，文字緊接段名冒號之後書寫，如分項條列，應另列縮格書寫。

3. 辦法

（1）向受文者之具體要求無法在「主旨」內簡述時，用本段列舉。本段段名，可因公文內容改用「建議」、「請求」、「擬辦」、「核示事項」等名稱。

（2）「說明」、「辦法」中，其分項條列內容過於繁雜、或含有表格型態時，應編列為附件。

（二）函的作法

1. 擬辦復文或轉行之稿件，應敘入來文機關之發文日期及字號，俾便查考。

2. 文末首長簽署、敘稿時，首長職銜之後可僅書「姓」，名字則以「○○」表示。如：董事長　吳○○。

3. 文字使用應儘量明白曉暢，詞意清晰，達到「簡、淺、明、確」的要求。

4. 簽辦公文應簽名或蓋職章，並註明時間，以明責任。如：六月三十日下午四時二十分寫作 0630/1620。

5. 文稿如有添註塗改，應於添改處蓋章。

6. 公文及原稿有一頁以上者應裝訂妥當，並於騎縫處蓋騎縫章或職名章，同時於每頁之下緣加註頁碼。

7. 文稿各段分項標號應另列縮格以全形書寫，而其中之括號則為半形，依層次依次為一、二、三、……，（一）、（二）、（三）、……，1、2、3……，（1）、（2）、（3）、……。舉例如下：

一、依據《文書處理手冊》第78點第1項有關一般公文處理時限規定：

（一）一般公文：

　　1.最速件：1日；速件：3日；普通件：6日。

　　2.限期公文：

　　　（1）來文或依其他規定訂有期限之公文，應依其規定期限辦理。

　　　（2）來文訂有期限者，如受文機關收文時已逾文中所訂期限者，該文得以普通件處理時限辦理。

　　　（3）變更來文所訂期限者，須聯繫來文機關確認。

　　3.涉及政策、法令或需多方會辦、分辦，且需30日以上方可辦結之複雜案件，得申請為專案管制案件。

8.中文字體及併同於中文中使用之標點符號應以全形為之。

9.阿拉伯數字、外文字母及併同於外文中使用之標點符號應以半形為之。

以上不僅為函的製作原則，也是公文製作的一般原則。

七　簽的結構與作法

簽為幕僚處理公務表達意見，以供上級了解案情，並作抉擇之依據，分為下列二種：

1.**機關內部單位簽辦案件**：依分層授權規定核決，簽末不必敘明陳某某長官字樣。

2.**下級機關首長對直屬上級機關首長**：文末得用「敬陳○○長官」字樣。

（一）簽的結構

採用「主旨」、「說明」、「擬辦」三段式。

1. 主旨

扼要敘述，概括「簽」之整個目的與擬辦，不分項，一段完成。

2. 說明

對案情之來源、經過與有關法規或前案，以及處理方法之分析，作簡要之敘述，並視需要分項條列。

3. 擬辦

為「簽」之重點所在，應針對案情，提出具體處理意見，或解決問題之方案。意見較多時分項條列。

（二）簽的作法

1.「簽」之各段應截然劃分，「說明」一段不提擬辦意見，「擬辦」一段不重複說明。

2. 簽宜載明年、月、日及單位。

八 公告的結構與作法

（一）公告的結構

分為「主旨」、「依據」、「公告事項」三段。可用「主旨」一段完成者，不必作成二段、三段。

1. 主旨

應扼要敘述公告之目的和要求，其文字緊接段名冒號之後書寫。

2. 依據

應將公告事件之原由敘明，引據有關法規及條文名稱或機關來函。

3. 公告事項

應將公告內容分項條列，冠以數字，另列書寫。公告內容僅就「主旨」補充說明事實經過或理由者，改用「說明」為段名。

（二）公告的作法

1. 一般工程招標或標購物品等公告，得用表格處理，免用三段式。
2. 公告除登載於機關電子公布欄者外，張貼於機關公布欄時，必須蓋用機關印信，於公告兩字右側空白位置蓋印。

九　公文範例

茲列舉令、函、簽、公告數例如後。

（一）令（公布法令）

檔　　號：

保存年限：

教育部　令

發文日期：中華民國○○○年○○月○○日

發文字號：臺技（三）字第○○○○○○○○○○號

印信位置

訂定「教育部補助技專校院遴聘業界專家協同教學實施要點」，並自中華民國○○○年○○月○○日生效。

　附「教育部補助技專校院遴聘業界專家協同教學實施要點」

部長　○　○　○

（二）令（人事命令任免）

檔　號：
保存年限：

○○大學　令

受文者：○○○君

發文日期：中華民國○○○年○○月○○日
發文字號：○人字第○○○○○○○○○○號
速別：
密等及解密條件或保密期限：
附件：

```
┌─────────┐
│         │
│         │
│  印信位置 │
│         │
│         │
└─────────┘
```

主旨：計算機中心技士○○○改任計算機中心行政發展組組長，自
　　　○○○年○○月○○日生效。

　　　○○○（S12×××××2）

一、異動類別：升任，自○○○年○○月○○日生效。

二、原職：計算機中心技士。

三、新職：計算機中心行政發展組組長（本俸○○級○○○元）。

四、其他事項：

正本：○○○君
副本：本校各一級單位

校長　○　○　○

（三）令（人事命令——獎懲）

檔　　號：
保存年限：

○○大學　令

發文日期：中華民國○○○年○○月○○日
發文字號：○人字第○○○○○○○○○○號

主旨：核定○○○等2員獎懲如下：

一、○○○（Q12×××××9）

（一）現職：運動健康與休閒系助理教授。

（二）獎懲：記功一次。

（三）獎懲事由：參加大專院校○○○年教職員工網球錦標賽，獲男甲組冠軍，表現優異。

（四）法令依據：本校教職員工獎懲標準表第○點第○項第○款。

（五）其他事項：

二、○○○（K22×××××1）

（一）現職：學生事務處護士。

（二）獎懲：嘉獎二次。

（三）獎懲事由：協辦大專院校○○○年教職員工網球錦標賽，圓滿完成任務。

（四）法令依據：本校教職員工獎懲標準表第○點第○項第○款。

（五）其他事項：

附註：受考人對於獎懲結果如有異議，得依規定，於收受本獎懲令之次日起30日內，繕具申訴書，向人事室提起申訴。

印信位置

校長　○　○　○

（四）函（下行文、三段）

檔　　號：
保存年限：

行政院　函

地址：100 臺北市忠孝東路 1 段 1 號
聯絡方式：（聯絡人、電話、傳真、E-mail）

802
地址：高雄市苓雅區四維三路 2 號

受文者：高雄市政府

發文日期：中華民國○○○年○○月○○日
發文字號：○○字第○○○○○○○○○號
速別：最速件
密等及解密條件或保密期限：
附件：

主旨：為杜流弊，節省公帑，各項營繕工程，應依法公開招標，並不
　　　得變更設計及追加預算，請轉知所屬機關學校照辦。

說明：

一、依本院○○○年○○月○○日第○○次會議決議辦理。

二、據查目前各級機關學校對營繕工程仍有未按規定公開招標之情
　　事，或施工期間變更原設計，以及一再請求追加預算，致弊端
　　叢生，浪費公帑。

辦法：

一、各機關學校對營繕工程應依法公開招標，並按「政府採購法」
　　及相關法令辦理。

二、各單位之工程應將施工圖、設計圖、契約書、結構圖、會議紀
　　錄等工程資料，報請上級單位審核，非經核准，不得變更原設
　　計及追加預算。

正本：各直轄市、縣（市）政府
副本：行政院主計處、行政院祕書處

院長　○　○　○

（五）函（平行文、二段）

檔　號：
保存年限：

行政院　函

地址：100 臺北市忠孝東路 1 段 1 號
聯絡方式：（聯絡人、電話、傳真、E-mail）

100
地址：臺北市中正區中山南路 1 號

受文者：立法院

發文日期：中華民國○○○年○○月○○日
發文字號：○○字第○○○○○○○○○號
速別：最速件
密等及解密條件或保密期限：
附件：如文

主旨：函送「公文程式條例」第○條修正草案及「中央法規標準法」
　　　第○條修正草案，請查照審議。

說明：

　一、鑑於國際間交往日益密切，文書資料來往頻繁，歐美文字都是
　　　由左至右橫式排列，國內目前直式書寫如遇引用外文或阿拉伯
　　　數字時，往往形成扞格。為與國際接軌，並兼顧電腦作業平臺
　　　屬性，使公文制作更具便利性，進而提升公文處理效率，爰擬
　　　具「公文程式條例」第○條修正草案及「中央法規標準法」第
　　　○條修正草案。

　二、經提本年○○○年○○月○○日本院第○○次會議決議：「通
　　　過，送請立法院審議。」

　三、檢送「公文程式條例」第○條修正草案及「中央法規標準法」
　　　第條修正草案條文對照表各 3 份。

正本：立法院
副本：

院長　○　○　○

（六）函（上行文、一段）

高雄市鳥松區公所　函

地址：833 高雄市鳥松區〇〇路〇〇〇號
聯絡方式：（聯絡人、電話、傳真、E-mail）

802
地址：高雄市苓雅區〇〇路〇〇〇號

受文者：高雄市政府

發文日期：中華民國〇〇〇年〇〇月〇〇日
發文字號：〇〇字第〇〇〇〇〇〇〇〇〇號
速別：
密等及解密條件或保密期限：
附件：名冊 5 份
主旨：檢陳本公所〇〇〇年上期公文處理合於獎勵人員名冊 5 份，請
　　　鑒核。

正本：高雄市政府
副本：

區長　〇　〇　〇（蓋職章）

（七）簽（機關內簽用）

檔　　號：

保存年限：

簽　於教務處

主旨：本校化學工程系學生○○○等3名參加教育部舉辦之全國技專
　　　院校專題競賽，榮獲優等，為校爭光，擬予獎勵，請　核示。

說明：化學工程系四年甲班學生○○○、○○○、○○○，指導老師
　　　○○○，專題題目「○○○○○○○○○○」，參加本年度技
　　　專院校專題競賽，在化工類五十多個參賽隊伍中，榮獲最佳的
　　　優等成績。

擬辦：

　一、每名學生擬記功乙次，各頒發獎狀乙紙，獎學金5,000元，以
　　　資表揚。

　二、指導老師○○○依本校「教師教學研究服務獎勵辦法」敘獎。

　三、相關資訊於下期校刊報導，使全體師生周知，並同感榮光。

承辦單位	會辦單位	決　　行
承辦人員	學生事務處	
組　　長	人事室	
單位主管	會計室	

（八）簽（下級機關首長對上級機關首長用）

檔　　號：

保存年限：

簽　於（機關或單位）

主旨：○○部為亞洲開發銀行請撥付亞洲蔬菜研究發展中心補助新臺
　　　幣○○○元，擬准動支本年度第二預備金，簽請　核示。

說明：○○部函為○○銀行以亞洲開發銀行請自該行B帳戶我國繳
　　　付本國幣股本內支付亞洲蔬菜研究發展中心新臺幣○○○元，
　　　業已先行墊撥，上項亞洲蔬菜研究發展中心補助費，本年度未
　　　列預算，既由○○銀行墊付，請准在○○○年度第二預備金項
　　　下撥墊。又本案事關涉外重要案件，特專案簽辦。

擬辦：擬准照○○部所請在本年度中央政府總預算第二預備金項下動
　　　支。

　　　　　　　　敬陳

副○長

○　長

○　○　○（蓋章）

（日期及時間）

（九）公告

高雄市三民區公所　公告

發文日期：中華民國○○○年○○月○○日
發文字號：高市三區社字第○○○○○○○○○○號

主旨：公告本區若發生重大天然災害時，將開設高雄市立三民國中、
　　　三民國小、鼎金國中作為災民收容場所。
依據：高雄市災害應變中心作業要點暨高雄市地區防災計畫。
公告事項：本區轄內若發生重大天然災害時，將開設高雄市立三民國
　　　　　中、三民國小及鼎金國中作為災民收容場所，執行災民收
　　　　　容救濟任務，請民眾於發生重大天然災害、房屋倒塌無家
　　　　　可歸時，可向上開災民收容場所尋求協助，並接受安置服
　　　　　務。

區長　○　○　○

（附）公文紙格式

2.5公分　檔　號：
保存年限：

（機關全銜）　（文別）

（會銜公文機關排序：主辦機關、會辦機關）

地址：（會銜公文列主辦機關，令、公告不須此項）
聯絡方式：（會銜公文列主辦機關，令、公告不須此項）

裝

（郵遞區號）
（地址）

受文者：（令、公告不須此項）

發文日期：
發文字號：（會銜公文機關排序：主辦機關、會辦機關）
速別：（令、公告不須此項）
密等及解密條件或保密期限：（令、公告不須此項）
附件：（令不須此項）

訂

（本文）（令：不分段
　　　　公告：主旨、依據、公告事項三段式
　　　　函、書函等：主旨、說明、辦法三段式）

1.5公分 1公分　正本：（令、公告不須此項）　　　　　　　　　　　　　　2.5公分

副本：（含附件者註明：含附件或含○○附件）

（蓋章戳）

（會銜公文：按機關排序蓋用機關首長簽字章
令：蓋用機關印信、機關首長簽字章
公告：蓋用機關印信、機關首長簽字章
函：上行文──署機關首長職銜蓋職章
　　平、下行文──機關首長簽字章

線

書函、一般事務性之通知等：蓋機關〔單位〕條戳）

說明：
一、本格式以 A4 78～80GSM（g/m2）以上米色（白色）模造紙或再生紙製作。
二、依據「公文程式條例」，如以電子交換方式行之，得不蓋用印信。
三、一般公文蓋用機關印信之位置，以在首頁中間偏右上方空白處用印為原則，
　　簽署使用之章戳位置則於全文最後。

2.5公分

單元 2　書　信

伍純嫻

一　書信的意義

　　書信，是現代應用文中最普遍也是運用最為廣泛的一類文書，舉凡日常生活裡用來作為與親朋好友彼此間的情感交流、慰問、祝賀等；或者又因特定事物需與各機關團體進行溝通協商、查詢以及投訴等，書信這類的應用文體就可以派上用場。

　　溯源「書信」一詞，古今有所差異，古之書者，乃為函札；信者，所指為音訊或者信差。古之信與訊二字相通，因此稱使者為「信」。又有言「傳書帶信」，其中「傳書」固然有書，然而「帶信」之意卻未必全然指的是書中文字本身，有些時候所指的不過也只是個口信音訊罷了。經過時代的演進、文字之意的轉變，現今所指的書信已經成為一個固定的詞意，所指的則是一類具有完整結構的文書。

　　現今，書信不論是以紙筆所撰寫的傳統信件，或者是藉由網路途徑所傳送的電子郵件，在撰寫上都有幾個特點：

（一）有特定的對象

　　書信的寫作有一定的對象，即受信人，這個對象可以是某個特定的人、某個特定的團體或是機關，所以必須依對象的身分地位、輩分使用合宜的、有禮貌的稱謂及用語。其中，在書信寫作中針對受信人的輩分大致上可區分為三種層次，分別為上行、平行與下行。上行書信的受信人以長輩為主，如祖父母、父母、長官、師長等；平行書信的受信人以平輩為主，如兄弟姐妹、同學、同事、朋友等；下行書信的受信人則是晚輩，如子女、姪、孫、部屬等。

（二）了解為何而寫

一般而言，書信內容可以略分為四大類，以應用、應酬、議論、聯絡為主要內容。書寫時需言之有物，並且在寫作過程中需謹慎思考自己為何而寫，釐定應採取何種態度以及語氣，並條理分明地詳細陳述，如此才能使受信者能對書信內容一目瞭然。

（三）選用適當的格式

書信有一定的格式與專門的用語，必須依照相應約定成俗的格式，方能符合禮節。前文提及，書信的寫作，往往因受信對象身分、地位、年紀的不同，因此所使用的稱謂、行文的用字遣詞也隨之不同。若是格式用錯，不但貽笑大方，甚至引發不必要的誤會，因此認清對象並選用適當的格式才能寫作得當。

二 信封封文的結構

一封完整的書信可分二大部分，寫在信封上的文字叫封文，信箋上的叫箋文。以下就封文部分分別介紹「中式」與「西式」信封封文的結構及用語。

（一）中式信封的格式與結構

一般而論，中式信封是以直行的書寫為標準格式，信封上通常印有紅色的框格，藉此將信封區分成三個部分，分別為右路、中路、左路。其內容說明如下：

1. 右路

其內容依序包含受信人的郵遞區號與地址，若還有相關的服務單位，其書寫的高度必須與中路中受信人的姓名第一個字齊平。又郵遞區號則以阿拉伯數字端正書於右上角紅框格內。

2. 中路

其內容依序包含受信人姓名、稱謂以及啟封詞，通常寫法都是

以「○○○先生　鈞啟」、「○○○小姐　台啟」為標準形式。關於稱謂，可以是一般的稱呼，也可以以受信人的職稱來當成稱謂，但值得注意的是，受信人的稱呼是指送信人對受信人的稱呼，不是發信人對受信人的稱呼。若受信人有特別的稱謂，那麼則可以其職位作為稱呼的方式，在書寫時名字可以偏右略小書寫，此種方式又稱之為「側書」。封文上側書的使用，是對受信人表達尊敬之意，意指不敢直呼對方名字。側書的使用有一定的規則，通常只用在受信人的名字或字號上，不可以用在受信人的稱呼與職位，其形式為「姓氏、稱謂（即職稱）、名」，而這樣的順序中，名字以偏右略小的方式來書寫即是側書。

在受信人姓名、稱呼後空一格則宜列出啟封詞。所謂啟封詞是對受信人開啟信封時的敬詞，一般依照身分職位與彼此的關係而有所差異，因此要謹慎運用，但現在大多數人多以「鈞[1]啟」一詞來作為通用的啟封詞。

現依輩分、對象職位以及彼此關係的不同，將正確的啟封詞羅列於下表：

輩分	對象	常用啟封詞
長　輩	直系親屬	福啟、安啟
	親戚	福啟、安啟
	師長（學界）	道啟、鈞啟
	政界	勛啟、鈞啟
	商界	賜啟、鈞啟
平　輩	親友	台啟、大啟、惠啟
	商界	台啟、賜啟、鈞啟
	學界	台啟、文啟、允啟
	政界	台啟、勛啟、鈞啟
晚　輩	親屬或下屬	收啟、啟
方外人士	和尚、尼姑、神父、修女	道啟、惠啟、大啟

---

[1] 鈞，為古之計重單位。一鈞為三十斤，因此為看重之意，多用於對上司。

3. 左路

　　其內容依序包含寄信人的地址、寄信人的姓氏（或姓名）、緘封詞以及郵遞區號。在這一欄位中先寫地址，其位置通常從信封上端的三分之一處開始寫起，接著寫發信人的姓，但若此封信件為掛號或快遞信件，那麼就必須寫出全名，最後在發信人姓氏之下要有緘封詞。緘乃指親手緘封，是給受信人看的，對長輩通常用「謹緘」，對平輩用「緘」，對晚輩用「手緘」。如不用「緘」亦可以「寄」代替之。最後，書寫上郵遞區號。範例如下[2]：

2　信封格式引用自中華郵政全球資訊網，請參見網址 http://www.post.gov.tw/post/index.jsp。

國內直式信封書寫範例

（收件人 3+3 碼郵遞區號）

$\boxed{1}\boxed{0}\boxed{6}—\boxed{4}\boxed{0}\boxed{9}$

貼郵票處

林○○ 小姐 鈞啟

○市○○區○○路○段○號

○市○○區○○路○段○號 陳○○ 緘

（寄件人 3+3 碼郵遞區號）

$\boxed{4}\boxed{0}\boxed{8}—\boxed{7}\boxed{7}\boxed{0}$

（前 3 碼）　（後 3 碼）

行政區編碼　投遞區編碼

（二）西式信封的格式與結構

西式信封的格式與寫法原為橫式橫書，但為了因應國人原有的封文直式直書的寫作習慣，因此大多數的人也將西式信封以橫式直書作為其中的一種格式。

1. 橫式橫書

其結構是將空白的信封區分為兩部分。

(1) 寄件人地址、姓名書於左上角或信封背面，收件人的地址、姓名書寫於中央偏右的位置，而郵遞區號則書寫於地址上方第一行，最後則是將郵票貼於信封右上角。

(2) 不論寄件或收件者的欄位，其內容順序依序為第一行寫上郵遞區號，其次為地址，第三行才是姓名或者公司行號。

正確格式請參閱下列範例[3]：

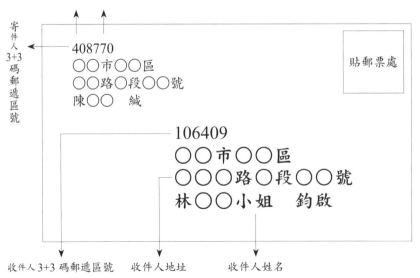

國內橫式信封書寫範例

---

[3] 同上註。

2. 橫式直書

橫式信封若採用直書的書寫方式，則其結構與直式信封的封文寫法沒有差異。

(1)　受信人的姓名、稱呼以及啟封詞寫在信封正中央的位置，受信人的地址及郵遞區號寫在受信人姓名的右邊，為了表示尊敬之意，所以地址的第一個字的高度切勿高過姓名的第一個字，郵遞區號則寫在地址的上方。

(2)　寄件人的地址、郵遞區號以及緘封詞寫在信封的左邊，其高度需略低於受信人的地址，最後在下方寫上郵遞區號即可。

（三）國際郵件的格式與結構

西式信封的格式使用源自於西方人，因此關於國際郵件封文的寫法也一併加以說明。其中受信人姓名、地址以及郵遞區號書寫於信封正中央略為偏右的位置，而寄件人姓名、地址以及郵遞區號則是書寫於信封左上角或背面。其中要特別注意的是，國際信件上的地址寫法與國內信件寫法不同，不論受信或寄件者其內容書寫的順序依序為第一行寫上姓名或公司行號，第二行寫上門牌號碼、弄、巷、路街之名稱，第三行寫上鄉鎮、縣市、郵遞區號，第四行寫上國名。

Jennifer Wu
No. 405, Chang Shin Road,
Sumin District, Kaohsiung County, 807
Taiwan

貼郵票處

> Mr. Calvin Su
> 1902/222 Russell Street
> Melbourne, Victoria
> Australia

（四）明信片的寫法

明信片的使用在現代仍然非常普遍，可以說是一種較為簡略的書信，因此，明信片在正面的寫法與中式信封封文的寫法大致相同，但在細節處仍有些微的差異，說明如下：

1.明信片因為不像信封必須封口，所以也就沒有啟封詞的用法，因

此，在收件人的姓氏與稱呼底下以「收」字來替代。同樣地在寄件人欄位因沒有緘封詞的用法，所以在寄件人姓氏底下以「寄」字來替代。

2. 前文提及明信片是較為簡略的書信，因此在禮節上較為不夠慎重，所以在使用上對於尊長較不適宜。

（五）託帶信封文的寫法

　　所謂託帶信指的是不經由郵寄的方式，藉由委託他人將信件轉交至受信人的一種傳遞信件方式。因為不經由郵寄送達，所以在封文上的寫法就與郵寄封不一樣，因此一封正確的託帶封其寫法為：

1. 信封結構

（1）信封右路包含附件語與請託詞，若除信件以外沒有任何附帶物件，那麼附件語則可省略。託帶封通常是請託熟悉的人幫忙帶信給受信者，所以如果已經知道受信人的地址則可省略不寫，但如果帶信人不清楚受信人的住處，那麼也必須將受信人的地址清楚地標明。

（2）信封中路位包含受信人的姓名、稱呼以及收件詞。其中特別值得注意的是，託帶封上受信人的名字與稱呼是寄件人對帶信人所說的稱呼為準，因為帶信人通常是熟悉的對象，所以在受信人姓名的寫法上多以名字為主，不寫姓氏。其次，託帶封通常不加以封口，所以也就不同於郵寄封上必須寫上啟封詞，取而代之的稱為收件詞，如果託帶封還附上附件，那麼收件詞就用「檢收」、「查收」；如果沒有附件，那麼對象若是長輩則用「賜收」，對象是平輩用「台收」，晚輩用「收」。

（3）信封左路包含寄件人的自署，通常只須寫上名字，不須寫上姓氏，最後寫上拜託詞與日期即可。其中拜託詞意指對帶信人的禮貌用語。如果帶信人為長輩，那麼拜託詞用「謹託」、「敬託」；帶信人為平輩用「拜託」；帶信人是晚輩則用「託」即是。

2.託帶語

託帶語意指寄件人對帶信人表示拜託之意的用語。可以依照寄件人、帶信人與受信人三者間的關係做變化，其用語如下：

寄件人	帶信人	受信人	託帶語
平輩	平輩	平輩	敬請　面交 敬請　煩交
平輩	平輩	長輩	敬請　面陳 敬請　面呈
平輩	平輩	晚輩	敬請　擲交 懇　　攜交
晚輩	長輩	長輩	敬請　○○世伯　袖交
長輩	平輩	平輩	面交
平輩	晚輩	平輩	面陳
平輩	長輩	平輩	敬請　○○世伯　擲交

三 信箋箋文的結構

現代人對於書信的寫作相較於傳統書信而論較為淺顯白話，隨著時代的演進，傳統書信對於結構的講究有逐漸被現代書信所習慣的簡略所替代，但這並不意味著傳統書信的結構已經不適宜於現代，因為習慣的轉變，所以現在大致會以正式與非正式的方式來選擇寫作書信時的標準，因此箋文的文字較為文言、結構趨於嚴謹及完整的傳統書信可視為正式書信，其適用於尊長與公務上；反之，箋文的文字較為口語、結構趨於簡略的書信則可視為非正式書信，其適用於朋友間的交流與一般事務的往來。現就傳統書信（正式）與現行書信（簡略）兩類箋文的結構做一說明。

（一）傳統書信箋文結構（正式）

傳統書信其箋文內容較為正式，因此在結構上十分地嚴謹，此類箋文內容可分為三段，即前文、正文、後文，三段中一共包含了九項內容。如下表：

前文	一、名字與稱謂　第一行頂格寫受信人的名字，對至親長輩可省略。名字之下採用適合彼此關係的稱謂。 二、提稱語　意指請對方看信的意思，依受信人的輩分使用適切的提稱語。 三、啟事敬詞　意指要開始述說事情。現代書信常省略這一項。 四、開頭應酬語　意指表思念問候，或表感謝，或表頌揚，有時可省略。
正文	五、信箋主體　內容又求簡單、明白。
後文	六、結尾應酬語　內容已陳述完畢，表示禮貌，期盼或掛念，有時可省略。 七、結尾敬詞　包括申悃語與問候語兩部分。申悃語意指寫信人說話的誠意，有時可省略；問候語則意在問候對方安好。 八、自稱、署名、末啟詞與寫信時間　自稱意指寫信人自己與受信人之間的關係，這部分字體可以偏右略小的側書方式；署名則是寫信人的名字；末啟詞意指寫信人寫信時的恭敬之意；時間則標示寫信的正確時間。 九、補述語　意指補述正文中所遺漏的內容，為不得已之用法。越是正式的書信，以不用為宜。

範例與說明如下：

○○老師　壇席：敬稟者，遙望　門牆，時深馳慕。生自畢業後，進入
　稱謂　　提稱語 啟事敬詞　　　開頭應酬語　　　　　　正文

○○大學擔任教職，然常自覺學術淺陋，有所不足，因而再度重回校園，
　　　　　　　　　　　　正文

繼續攻讀博士學位，希望能早日取得學位以不致有負　長者諄諄告戒之盛

意，臨稟惶恐，欲言不盡。
　　　　結尾應酬語

肅此　恭請
結尾敬詞

誨安
請安語

　　　　　　　　　　　　　　　　　生○○　謹上
　　　　　　　　　　　　　　　　自稱 署名　末啟詞
　　　　　　　　　　　　　　　　○○○年○月○日

1. 名字與稱謂

指對受信人的稱呼，可含括名字、職稱、私關係等三者，這三者可以單獨存在，亦可依彼此間的關係斟酌組合，如上文中「○○老師」即是。稱謂通常寫在信箋中第一行最高的位置。其中特別值得注意的一點，若稱謂是「夫子」、「吾師」、「老師」等，通常在書寫時不另稱姓。

另外，在箋文中若提及稱謂，則又可分為稱人與自稱兩類：

（1）稱人

在箋文中若提及受信人的尊、卑親屬，則應當使用以下詞語，對於尊長可以以抬頭表尊敬之意。

慣用字	對象	稱謂
令	稱對方的尊長、卑幼	令尊（令嚴）、令堂（令慈）、令郎、令媛（令千金）、令兄、令姐、令嫂、令弟、令妹、令孫（女）、令師、令友
尊	稱對方的尊長、妻室	尊師、尊翁（尊君、尊大人、令尊、尊父）、尊萱（令堂）、尊夫人（尊嫂、嫂夫人、大嫂）
賢	稱人父子、稱人兄弟、稱人夫婦	賢喬梓、賢昆仲、賢伉儷
貴	稱對方的學校、朋友、住宅	貴校、貴友、貴府（府上、貴宅）、貴縣（市）
寶	商店	寶號、貴寶號

（2）自稱

在箋文中若提及寄件人自己的尊、卑親屬，則應當使用以下詞語，並於自稱時以側書表謙虛之意。

慣用字	對象	稱謂
家	稱自己的尊長	家父（家嚴、家大人）、家母（家慈）、家兄、家姐、家伯父、家伯母、家嫂、家姐夫
舍	稱自己的卑幼	舍弟、舍妹、舍弟婦、舍妹夫
	稱自己的親友	舍親
小	兒、孫、商店	小兒、小女、小孫、小號、小店
敝	師、友、居處	敝業師、敝友、敝校、敝縣、敝宅

慣用字	對象	稱謂
先	稱已逝的尊長	先祖、先嚴（先君、先考、先父）、先妣（先母、先慈）、先兄、先姐
內	稱自己的妻子	內人、內子
外	稱自己的丈夫	外子
愚	對人自稱父子、夫妻、兄弟	愚父子、愚夫婦、愚兄弟
	自稱	愚伯父、愚伯母、愚兄、愚弟、愚師

2. 提稱語

提稱語是緊接在稱謂後，意指請對方閱讀信箋內容，如上文中用於老師的提稱語為「壇席」。這類用語需依照寄件人與受信人彼此間的關係而變化，但現行較為簡略的書信中通常不大使用提稱語。

3. 啟事敬詞

為敘述正文前的發語詞，如上文中「敬啟者」一詞，但現行書信中多已不用。

4. 開頭應酬語

意指在未申言正文主旨前，用以表達思慕或頌揚的簡單語句，猶如朋友見面時相互寒暄之語，如上文中「遙望 門牆，時深馳慕」一語，此類應酬問候之語可以簡單貼切的表達，但盡量避免陳腔濫調。

5. 正文

為信箋的重點，內容主旨範圍甚廣，但無論主題為何都必須清楚明白、簡潔有力地敘述。在撰寫過程中，有幾點特別值得注意：

（1）抬頭

「抬頭」在箋文中意謂謙虛，敬意之意，是將關於受信人之用語以抬頭的型式呈現。主要有挪抬（即在應抬頭的用語前空一格）及平抬（即把應抬頭的用語換一行頂格書寫）兩種。

但使用平抬時，則須考慮到不能行行吊腳，破壞美感，因此現行書信中大多以挪抬為慣用方式。抬頭的對象為：

A. 自己的尊親屬

書信中提到自己的尊親屬，如「　家嚴」，在家字之前空一格即稱之為挪抬。

B. 抬人不抬己

如「吾師」一詞中，「吾」表示自己，「師」則是稱人，因此抬頭的對象就是「師」字而非「吾」。

（**2**）側書

箋文中將關於自己之稱謂如「學生」之「生」、「余」之類的字眼或名字以縮小側書的方式書寫，箋文側書乃是發信人自謙之用法。

6. 結尾應酬語

意指在總結全文前，用以表期盼、祝福的語句，如上文中「臨稟惶恐，欲言不盡」之屬，這類用語有時也可以省略不用。

7. 結尾敬詞

意指箋文內容結束時為表禮貌的詞語，通常包含敬語與問候語兩部分，如上文中「肅此。恭請　誨安」一語，其中「肅此」為敬語，即「肅此敬達」等語之簡縮，現行書信中若並非正式信件則大多將此一部分省略；「恭請　誨安」則是問候語，其中「誨安」則指陳對方，需要平抬，以表示敬意，因此將「誨安」一詞另行頂格書寫。

8. 自稱、署名、末啟詞與寫信時間

自稱必須依照自己與受信人間的關係而定，通常會以側書的方式書寫以表謙遜之意，如上文中之「生○○　謹上」。末啟詞則表禮敬之意，不同的對象與輩分其末啟詞也會隨之不同。最後寫信時間日期應標明，使收信者知悉寄發時間。

9. 補述語

　　　補述一項，乃不得已之用法。越是鄭重之書信，以不用為宜。如非不得已必須補述不足之處，如補述問候、補述文中遺漏的內容，那麼則必須另起一行，書寫於信箋中的最末處。

（二）現行書信箋文結構（簡略）

　　　相較於傳統書信的嚴謹，現行書信在結構上多半採以較為簡單的方式，並且文字也採以白話的方式來表達。其格式包括稱謂、正文以及自稱、署名、末啟詞與寫信時間三項，此種格式多用於親友，若是對於長輩則應再加上結尾敬詞一項較為恰當。舉例如下：

○○老師：

　　好久不見，學校一切可好？

　　^{學生}自去年從○○大學畢業後，就一直沒有時間回母校探望老師，不曉得學校這一年的變化大不大？

　　^{學生}於去年赴金門當兵，雖然大家都討厭到外島當兵，而^{學生}卻有不同的體會，在將近一年的訓練中，讓^{學生}在心智上與體格的鍛鍊上有了很大的收穫，現在^{學生}反而喜歡上這裡的生活。

　　最後，教師節快到了，先在此祝福　老師教師節快樂。若^{學生}一有假期，屆時一定專程探望　老師。敬請

教安

　　　　　　　　　　　　　　　　　　^{學生}力宏　敬上

　　　　　　　　　　　　　　　　　○○○年○月○○日

 附 錄

（一）書信封文與箋文用語簡表

1. 對象為長輩

對 象	稱 謂	提稱語	啟事敬詞	結尾敬詞	問候語		自 稱	末啟詞	啟封詞
祖父母	祖父母大人	膝前 膝下	敬稟者 叩稟者	耑肅 肅此	敬請 敬請	福安 金安	孫 孫女	敬叩 謹稟	安啟 福啟
伯（叔）祖父母	伯（叔）祖父母大人	尊前 尊鑒	敬肅者 謹肅者	肅此 敬此	敬請 敬頌	福安 福祉	姪孫 姪孫女	謹上 肅上	福啟
父母	父母親大人	膝前 膝下	謹稟者 敬稟者	耑肅 肅此	敬請 敬請	金安 福安	男 女	叩上 謹稟	安啟
岳父母	岳父母大人	尊前 尊右	敬肅者 謹肅者	耑肅 肅此	敬請 敬頌	崇安 福綏	子婿 婿	拜上 敬上	安啟
伯（叔）父母	伯（叔）父母大人	尊鑒 賜鑒	敬肅者 謹肅者	肅此 敬此	敬請 敬頌	崇安 崇祺	姪 姪女	拜上 謹上	安啟
世交	○○世伯 ○○世伯母	尊右 尊鑒	敬啟者 謹啟者	肅此 敬此	敬請 敬請	崇安 鈞安	世愚姪 世姪女	拜上 謹上	鈞啟
師長	○○老師 ○○夫子	函丈 壇席	敬肅者 謹肅者 敬陳者	肅此 敬此	恭請 敬請	誨安 教安	受業 學生	拜上 敬上	安啟 道啟
商界	○公董事長 ○公總經理	尊鑒 賜鑒 崇鑒	敬肅者 謹肅者	肅此 敬此	敬請 敬頌	崇安 崇祺	晚 後學	敬上 謹上	鈞啟 賜啟
政界	○公部長 ○公主席	勛鑒 鈞鑒	敬肅者 謹肅者	肅此 敬此	恭請 敬請	鈞安 勛安	晚 後學	敬上 謹上	鈞啟 勛啟
學術界	○公校長 ○公教授	道鑒 道席 塵次	敬肅者 謹肅者	肅此 敬此	敬請 敬頌	鐸安 崇祺	晚 後學	敬上 謹上	鈞啟 道啟
軍界	○公將軍 ○公總司令	麾下 幕下	敬肅者 謹肅者	肅此 敬此	敬請 恭請	戎安 麾安	晚 後學	敬上 謹上	鈞啟 勛啟

2. 對象為平輩

對象	稱謂	提稱語	啟事敬詞	結尾敬詞	問候語		自稱	末啟詞	啟封詞
兄姐	○兄 ○姐	大鑒 惠鑒	敬啟者 謹啟者	崗此 特此	順頌 順祝	時祺 近安	弟 妹	再拜 頓首	大啟 台啟
同學	○○學長 ○○學姐	大鑒 惠鑒	敬啟者 謹啟者	崗此 特此	順頌 順祝	時祺 近安	學弟 學妹	再拜 頓首	大啟 台啟
朋友	○○仁兄 ○○仁姐	大鑒 惠鑒	敬啟者 謹啟者	崗此 特此	順頌 順祝	時祺 近安	弟 妹	再拜 頓首	大啟 惠啟
朋友夫婦	○○吾兄 ○○夫人	雙鑒	敬啟者 謹啟者	崗此 特此	敬請 敬頌	儷安 儷祺	弟 妹	再拜 頓首	大啟 台啟
商界	○○課長 ○○經理	大鑒 專鑒	敬啟者 謹啟者	專此 特此	即祝 敬頌	時安 籌祺	弟 妹	拜啟 謹啟	大啟 台啟
政界	○○先生 ○○女士	閣下 惠鑒	敬啟者 謹啟者	專此 特此	順頌 順請	勛祺 政安	弟 妹	拜啟 謹啟	大啟 台啟
學術界	○○主任 ○○教授	雅鑒 左右	敬啟者 謹啟者	專此 特此	順頌 順請	文祺 撰安	弟 妹	拜啟 謹啟	大啟 台啟
軍界	○○營長 ○○教官	麾下 幕下	敬啟者 謹啟者	專此 特此	順頌 順請	勛祺 軍安	弟 妹	拜啟 謹啟	大啟 台啟

3. 對象為晚輩

對象	稱謂	提稱語	結尾敬詞	問候語		自　稱	末啟詞	啟封詞
子女	○○兒 ○○女	收悉 知之	此諭			父 母	字 示	收啟 啟
姪兒姪女	○○賢姪 ○○姪女	青鑒 青覽	手此 草此	即問 順問	近安 近祺	伯 伯母	手書 手啟	收啟 啟
男學生	○○學弟 ○○賢棣	雅鑒 如晤	手此 草此	即問 即祝	近好 進步	小兄 愚姐	手書 手啟	啟
女學生	○○吾兄 ○○夫人	雅鑒 如晤	手此 草此	即問 即祝	近好 進步	小兄 愚姐	手書 手啟	啟

（二）開頭應酬語

對象與用途	開頭應酬語內容
用於（祖）父母問候	翹首　慈顏，倍切依依。 仰望　慈暉，孺慕彌切。
用於長輩	引領　德範，倍切神馳。 仰瞻　道範，倍覺依依。
用於師長	遙望　門牆，時深馳慕。 道隔山川，神馳絳帳。
用於平輩	道途修阻，尺素鮮通。 每念　故人，輒深神往。

（三）結尾應酬語

對象與用途	結尾應酬語內容
用於長輩	臨稟惶恐，欲言不盡。 臨款依依，書不盡意。 敬祈　訓示，俾有遵循。
用於平輩	臨書馳切，幸恕草草。 紙短情長，莫盡萬一。

　　以上為寫作箋文時可參考的相關詞彙，特別一提，詞彙中若有空格則表示需抬頭。

單元 3 ＼ 會議文書的寫作與範例

金清海

一 會議文書的意義

所謂會議就是集合眾人研究事理，集思廣益，達成決議，解決問題，謂之會議。在機關、學校、團體或工商業界中，一定有許多問題要溝通，最好的方式就是透過會議。但是成功的會議必須透過會議文書工作來進行溝通協調，會議文書就是會議整套流程所應用的文書。

二 會議文書的種類

目前最常用的會議文書有：開會通知、委託書、簽到簿、議事日程、開會程序、提案、會議紀錄等。

三 會議之準備與進行

為讓會議順利進行，並達成預期目標，承辦人須規劃並執行完整的準備工作，可依會議前、會議時、會議後分項簡述：

（一）會議前

1. 蒐集整理會議所需提供的資料，請示主席（主持人）、洽詢與會人員適當之開會時間、地點，研擬議程與開會通知陳核，分發開會通知（含會議附件）。

2. 布置開會場所、備妥簽到簿、會議資料、空白發言條、及會議所需的設備、用具。

（二）會議時安排或擔任會議進行時的各項工作

1. 簽到

2. 接待

3. 司儀（宣布會議程序、宣讀報告事項、提案……）

4. 控制發言時間

5. 錄音及紙筆記錄

6. 其他有關工作

（三）會議後

1. 整理會議紀錄、簽陳核定、函發各出（列）席單位與人員。

2. 依會議決議或結論按程序處理或執行。

四 各項會議文書的製作與範例

（一）開會通知

1. 內政部的「會議規範」規定，會議至少要三人以上參加，因此必須發「開會通知」給與會者。開會通知就是將開會時間、地點及其他與會議有關的事情規定告訴與會者，必須於會議前送達各出席人、列席人，而且不論是臨時性或定期性的會議，都應該書面通知。而E化時代的今天，機關單位常以發電子郵件取代書面通知，且其與書面通知的內容一樣。

2. 開會通知有下列特點：

（1）內容最少應包括開會事由、時間、地點。

（2）通知方式有「個別通知」和「公告」兩種方式。「個別通知」可採書面送達或發送電子郵件。「公告」可刊登於媒體，例如○○大學擬召開○○○年度全國校友會時，可於新聞媒體刊登公告。

（3）會議召集人應視路程遠近交通狀況，儘早將通知送達出、列席人。

（4）盡可能在送發開會通知時，附送議程及有關資料。

3. 開會通知範例：

以○○大學通識教育中心會議通知單為例：

開 會 通 知

○○大學　通識教育中心

會議通知單

受 文 者	如出列席單位及人員	發 文	日期	中華民國○○年○○月○○日
			字號	○○（二）通字第 001 號
			附件	
事　　由	○○學年度第○學期通識教育中心期初會議			
時　　間	○○○年○○月○○日（星期三）中午 12:10～			
地　　點	人文大樓情境教室（11-0206）			
主 持 人	呂○○　主任	承辦人	陳○○　小姐（分機 6482） 黃○○　小姐（分機 6454）	
出席單位及人員	周○○講座、邱○○老師、吳○○老師、陳○○老師、陳○○老師、于○○老師、張○○老師、虞○○老師、丁○○老師、林○○老師、田○○老師、張○○老師、康○○老師、陳○○老師、伍○○老師、陳○○老師、葛○○老師、林○○老師、張○○老師、林○○老師、葉○○老師、賴○○老師、龔○○老師、陳○○老師……			
列席指導單位				
備　　註	1. 請準時出席，若不克出席，請通知通識教育中心辦公室承辦人。 2. 備有午餐，素食者請事先告知。			
發文單位	通識教育中心			

（二）簽到簿

設在會場報到處，供與會人員簽到的簿冊，以便統計出席人數及證明會議的合法性。尤其是該會如有選舉的項目，或重要決議時須達到法定人數才有法定效力，否則以流會處理，或改為座談會。

（三）委託書

1. 會議出席人因故不能出席時，得具備委託書，委託他人代表出席，並代為行使會議一切的權利與義務，惟被委託者只接受一人之委託。

2. 有關委託書的重要規定：

（1）代表人依規定只有發言權，表決權和選舉權依會議另有規定才可行使。

（2）必須以書面委託。

（3）若無委託書，代表人不得代表他人出席會議，行使權利；並且委託書上必須寫清楚委託代表人行使哪些權利。

委託書範例：

委　託　書

一、茲委託○○○君為本股東代理人，出席本公司○○○年○○月○○日舉行的股東常會，行使股東權利。

二、請將出席簽到卡、表決票交給代理人，憑以準時參加。如因故改期開會，本委託書仍屬有效。此致

○○○公司

委託人：　　　　　　蓋章

受託人：　　　　　　蓋章

身分證字號：

住址：

中華民國○○○年○○月○○日

（四）議事日程及開會程序

1. 議事日程

（1）議事日程又稱為議會程序，簡稱議程，是在開會前根據此次會

議的實際需要，預為編訂的會議程序。普通會議由主席或召集人預先擬訂，在開會時經主席宣讀，出席人如無異議，即為認可。若由常設的祕書處或委員會擬訂，經過審查後，提交大會裁決，如無異議，即為認可，否則需要討論及表決。多先印好分發給出席人員，主席據以控制會議的進行。

（2）議程範例，以某宗教生命關懷學術研討會為例：

○○○○宗教生命關懷學術研討會──宗教心‧民俗情 議程表○○○年○○月○○日（五）

時間	程序	主持人／主講人／題目
08:00~08:30	報到	○○大學圖書科技大樓 10 樓至善廳
08:30~08:50	開幕典禮	○○大學　龔○○校長 高雄道德院　三清太乙大宗師翁○○住持
08:50~09:50	宗教生命禮儀觀摩：祝聖　請神　獻敬	高雄道德院　三清太乙大宗師翁○○住持率全體皈依弟子
09:50~10:00	茶敘	

	專題講座／論文發表			
	場次	主持人	主講人	題目
10:00~10:50	專題講座	游○○ ○○大學 副校長	李○○ ○○大學 名譽講座教授	天象揭密：《天元玉曆祥異賦》與古今社會
10:50~11:10	茶　敘			
11:10~12:10	論文發表	龔○○ ○○大學 教務長	金○○ ○○大學 通識教育中心助理教授	《南華真經》寓言中的日用生活哲學探微
			鄭○○ ○○大學 語言與文化中心助理教授	馮夢龍《三言》的道教情懷
12:10~13:20	午餐、中場休息			

時間	項目	主持人	發表人	題目
13:20~14:20	論文發表	鄭○○ ○○大學 經學研究所資深教授	丁○○ ○○大學 通識教育中心副教授	大道恢弘，全真融通——試論全真教龍門派的宗門心法
			賴○○ ○○大學 廚藝學系副教授	論《坤元經・斬龍淺說》之修道養生要訣
14:20~14:40	茶 敘			
14:40~16:10	論文發表	吳○○ ○○大學 副校長	唐○○ ○○大學 華語文學系教授	金門城傳統村落民俗反映的信仰意識和生活信念
			梁○○ ○○大學 中國文學系助理教授	論相術之「神」
			李○○ ○○大學 漢學所博士候選人 林○○ ○○大學 中國文學系教授	淨土宗之時代關懷——淨空老和尚「精要十念法」之理念及其現代意涵
16:10~16:30	茶 敘			
16:30~17:50	宗教對談	翁○○住持 高雄道德院 三清太乙大宗師	李○○（道教） ○○大學 名譽講座教授	宗教心・民俗情
			劉○○（基督教） ○○大學 社會工作系副教授	
			陳○○（伊斯蘭教） 高雄市清真寺教長	
			林○○（佛教） ○○大學 中國文學系教授	
			何○○（九蓮聖道） ○○大學 榮譽講座教授	
17:50	賦歸	收穫滿滿，珍重再見		

2. 開會程序

（1）又稱「開會儀式」，為開會儀節進行的次序，多用於慶典、紀念會。如校慶、畢業典禮或開學典禮等。

（2）開會程序範例，以〇〇大學創校〇〇週年慶祝大會為例：

一、司儀宣布開會（〇〇大學創校〇〇週年慶祝大會典禮開始）

二、主席就位

三、全體肅立

四、奏　樂

五、唱國歌

六、向國旗暨　國父遺像行最敬禮

七、頒　獎

八、介紹貴賓

九、主席致詞

十、來賓致詞

十一、董事長致詞

十二、唱校歌

十三、奏　樂

十四、禮　成

（五）提案及業務報告資料

1. 提案

（1）提案就是以書面提出的動議，應於會前送達，以便列入議程。提案人得由個人或機關團體單位提出，依規定需附有附署，始能成立。

（2）提案的內容應具備下列要項：

A. 案由及提案的主旨。

B. 理由　說明提案的理由。

C. 辦法　應具體列出可行的辦法。

D. 提案人　提出此案者。

E. 附署人　簽署附議此案者，須一人以上。

（3）提案範例：

高雄市○○○年度第一學期國中小校長　會議提案				
編　　　號		類別	提案人	鳥松國中校長　○○○
			附署人	五甲國中校長　○○○
案　　　由	建議消防處，配合辦理防火、滅火及逃生教育宣導。增加師生基本應變力。			
理由說明	火災發生時，造成人員嚴重傷亡與財物重大損失，究其原因，係民眾缺乏防火滅火常識及逃生之基本應變能力所致。			
辦　　　法	平時加強各項防火器材設備的檢查，並實施防火、滅火及逃生教育。			
審查意見		備　　考		
決　　　議		備　　考		

2. 業務報告資料

　　常用於大型的年度會議，例如校友會、各級學校校長學期會議、各縣市首長年度會議等。以高雄縣政府召開○○○年度第一學期國中小校長會議為例：主辦單位為高雄縣政府教育處，在正式會議之前二週，必須將業務報告及提案資料匯整完畢付印。提案部分，已如上節所敘。業務報告資料，包含高雄縣政府教育處各科室及縣府人事、會計、財政、消防、環保、衛生、警察、建管等業務單位所提出之政令推行宣導資料之匯整。

（六）會議紀錄

1. 會議紀錄也稱「議事紀錄」，是由記錄人員將會議討論情形及討論事項予以筆錄的文書，是議事的證據，因此是會議文書中最重要的一種。

2. 記錄時需要注意的要點有：

（1）會議紀錄的項目很多，可依實際情況刪減。

（2）會議紀錄宜全程錄音，以便會後整理會議紀錄。

（3）會議紀錄最後一欄「散會」，必須註明散會時間。

（4）會議紀錄整理好之後，必須送給主席審閱並簽署，記錄人員也要簽署。

3. 會議紀錄的主要項目：

（1）會議名稱及會次

（2）會議時間

（3）會議地點

（4）出席人姓名及人數

（5）列席人姓名

（6）請假人姓名

（7）主席姓名

（8）記錄者姓名

（9）報告事項

（10）選舉方法、票數、結果

（11）討論事項

（12）臨時動議

（13）散會（註明時間）

（14）主席紀錄分別簽署

以上 14 項，可視實際情況而加以增減。

4. 會議紀錄範例：

○○大學○○學年度第○學期
○○期初會議紀錄

壹、時間：○年○月○日（星期○）12:10~

貳、地點：○○大樓2樓情境教室

參、出席：○○全體教師

肆、主席：呂○○

伍、紀錄：陳○○、黃○○

陸、主席報告：

　　一、……

　　二、……

　　三、……

柒、討論事項

　　案由一：……

　　說　明：……

　　決　議：……

捌、臨時動議

　　動議一：……

　　說　明：……

　　決　議：……

玖、散會（13:05）

主席簽署　呂○○

 五 結　語

　　完善的會議文書處理，可增進業務執行的效率，建立起良善的制度，讓接續者有資可循，也保存了歷史檔案。

單元 4　履歷及自傳

丁孝明

（一）何謂履歷

　　「履歷」是主管面試者、審核者（以下統稱徵試者）在進行面試時的基本資料，也是職場上挑選人才的重要指標。履歷是提供徵試者了解應徵者個人背景的一個絕佳管道，無論是謀職就業或求學深造，都需要透過履歷來向他人介紹自己、推銷自己，讓徵試者對自己有一個概括性的了解，同時也能強而有力地向他人展現自己的卓越才識與能力，作為邁入人生新階段的踏板與鎖鑰。

　　履歷，簡單來說，是一份簡述生平經歷的表格，應徵者將自己的生平學經歷，以「表格」填載的方式加以呈現，俾使徵試者能夠對應徵者有一初步概略的認識與掌握，以作為求職、求學歷程的第一步。故在撰寫上，應儘量力求精簡扼要、具體而微，其內容也應儘量避免與自傳重複。此外，市面上有販賣現成的各種履歷表格，然而這些制式表格的內容都大同小異。如果求職者運用這些表格進行謀職，當然也是一種四平八穩的方式，但是如果能夠自行設計履歷，藉以充分顯現自己的才學與特質，相信將有助於謀職。此外，隨著時代的進步與資訊的發達，「電子履歷」也已成為現代人不容忽視的履歷形式。

（二）履歷的重要性

　　找工作的第一步，就是要準備有效的履歷。什麼叫「有效的」履歷呢？如果你的履歷無法引起企業徵試者對你的興趣，進而約談面試，那麼這份履歷也就無法稱為有效的履歷，因為它無法令你贏得面試機會，自然也無法為你獲得工作機會。

　　履歷是謀求職業的開端，是求職者最迅速的自我推銷工具。履歷具

有展現自我長才與優點的絕佳作用。對於求職的歷程來說，提升自己的能見度是首要的關鍵，其次，履歷也是提供徵試者應徵面談的重要參考資料。以徵試者的角度來看，履歷是認識求職者的第一類接觸，因此，履歷提供了徵試者在進行面試時，印證求職者學養能力與相關背景的線索，是徵試者尋求適當人才的開端。因此，應徵者用心整理一篇讓徵試者一看就能清楚認識你，甚至喜歡你、認同你的履歷，將會使你在甄選之路上輕鬆不少。唯有萬全的準備，方能完成艱鉅的任務。

（三）履歷的內容

履歷的內容通常有下列幾大項目，這些項目中的欄位應該要儘量填寫清楚。以下約略整理社會新鮮人應注意的履歷表撰寫要項，至於運用之妙，存乎一心：

1. 基本資料

包括姓名、性別、年齡、聯絡電話（行動電話）、通訊地址、電子郵件地址等。

2. 學歷資料

只要寫出較高的二、三所就行了，不必連幼稚園、小學、國中念哪裡都交代清楚。由順序最高、最近的先寫（研究所、大學、高中），並註明修業起訖期間與特殊的學習事項。重要的是最高學歷及畢業年份一定要正確填寫，如果可以如期畢業，就寫確定可以畢業的時間，萬一企業以為你還無法立即工作而錯失面試機會就太可惜了！

3. 工作經歷

內容應展現出「如何以過去的職場成果經驗與個人工作才能來為現在的企業效力，並提升企業與個人的雙方成長，造成雙贏的局面」，不是以記流水帳的方式，令人生厭。新鮮人多半沒有正式的工作經驗，因此盡可能地寫出在校時的工讀經驗，但切記應避免記流水帳，最好是寫出有利於爭取工作的部分。亦可寫工作內容與應

徵職務相關的社團經驗，但要列出事實、說明成果，並凸顯出個人的特質與能力。

4. 專業技能

如果你具備比別人多的專業技能與證照，便足以給人踏實、上進的好印象，凡是曾經考取的證照，都要簡列出來，以博取較高的評分。專業技能專長，一定要填；如果有作品，也應將作品附上。

5. 特殊專長及興趣

特殊技能專長，一定要填；如果曾經獲獎，更應將獎狀、或獎盃、獎牌的照片、資料附上。不要小看「興趣」，它多少透露著你的特質，而你的特質正與你的工作能力相關，也是企業評估你、了解你的管道之一。曾經擔任志工，熱心公益，當然更好！

6. 語文能力

建議可以就聽、說、讀、寫四大項寫明精通、或中等、或略懂，若曾經考取語言證照更應列出，以茲證明自己的語言能力。

7. 應徵職務

職務名稱、職務內容的描述，要能切合企業徵才條件；希望應徵職務類別如果設定多於一項，最好這些職務的性質落差不要太大，否則企業主管會認為你拿不定主意，想腳踏兩條船，反而留下不好的印象！

8. 希望待遇

以保守為宜，填「依公司規定」是最保險的寫法，或是註明多少～多少之間的彈性（可以參考新鮮人起薪行情或事前向師長、親友、學長等請益，或利用報章、網路讀取一些產業動態、薪資結構等相關資料再做出評估），避免予人「獅子大開口」的印象，也不好過於委屈自己，反被當成廉價勞工。建議填「依公司規定」或「面議」，如果要填實際的數字，千萬慎重別亂寫！

9. 履歷照片

　　不要用沙龍照、藝術照或團體照、生活照，儘量選擇端莊、清爽、幹練的大頭照，而且不建議照片欄空白。

10. 應徵項目

　　人事部門每天收到的履歷非常多，若不註明應徵項目，你辛苦寫好的履歷就有可能送不到應徵部門，就算送到應徵部門，也會予人粗心大意的感覺，因為自己一時疏忽，倘若造成第一印象的破壞，豈不是得不償失？所以事前一定要仔細檢查，詳列清楚！

　　事實上，履歷表並無一定的格式，可以自行針對應徵企業或職務，設計獨具風格的履歷表，讓企業印象深刻。但是重點是，無論你的履歷表用哪一種格式，外觀包裝的多漂亮，只要你的內容不符企業需求，或寫些無關痛癢、無助於企業對你的初步認識，那這份履歷表就只是金玉其外而已；要切記，內容無法吸引企業主的目光，無法得到面試機會的履歷表，就是一份無效的履歷表。所以與其花心思在包裝外表，不如好好想想，如果你是企業主，你想找人才時，會希望在有限的頁面上看到什麼內容？這樣一想，履歷表該怎麼呈現就很清楚了。

※ 小小叮嚀——履歷表撰寫要領：

1. 精簡，有重點，除非特例，否則儘量在一頁以內完成。
2. 挑重點，不要大大小小全列出來，更應避免以流水帳的方式列出。
3. 工作經歷不要簡寫公司名稱，應以全銜，以示尊重；亦不要只寫公司名稱，應列出自己的職稱、工作大要，讓面試主管了解自己曾經擔任職務的工作性質。
4. 所有的學、經歷要從最高、最近發生的開始，以倒敘方式列出。
5. 「薪水」欄填寫原則保守為宜。社會新鮮人工作經驗少，較沒有薪水的談判空間，因此填「依公司規定」是最保險的寫法，如果需要自己填，可以註明一個區間，但所填的數字可不是漫天開價！誰都想要薪水越高越好，但不同的學歷、職務、產業，社會新鮮人起薪都不同！要是獅子大開口破壞行情，可能連面試機會都沒有囉！

　　以下為履歷表的參考範例，但履歷表並無一定的格式，可以自行針對應徵企業或職務，設計獨具風格的履歷表，讓企業印象深刻。

履歷表參考範例

中文姓名			性　別			黏　貼 相　片
英文姓名			婚姻狀況			
年　齡	歲	出生日期	民國　年	月	日	
籍　貫			身分證字號			
健康情形	良好	血型 O	身高 cm	體　重	kg	
通訊地址				家用電話		
電子郵件				行動電話		
學　歷	國立臺灣大學資訊工程研究所畢業（2020.8～2022.6） 正修科技大學資訊工程系畢業（2016.8～2020.6）					
學業經歷	高二：古典吉他社社長；大二：攝影社社長；大四：班代； 大一～大四：慈濟志工					
暑期工讀	大瞎電腦助教（2018.7～2018.8）					
工作經歷	魔獸電腦工程師（2018.8～2020.6）					
專　長	研究領域：Mobile Cellular Wireless Network 程式語言：JAVA, C, BASIC, PASCAL, FORTRAN, ASSEMBLY, ……等 系統程式：Microsoft Windows Programming with C++：半年 軟體環境：MS DOS, MS-Windows 及應用軟體；MacOS System 7； 　　　　　IBMOS/2 英文版v. 2.0、及中文版 v. 3.0；Unix 硬體環境：PC及相關硬體周邊設施；8051微處理機 擅於分析、組織、策畫					
語文能力	方言：閩南語（聽說尚可） 外國語文：英語（聽、說、讀、寫均精通） 　　　　　日語（略懂，大二選修一年）					
興　趣	靜態：數學、吉他、攝影、音樂、電影、烹飪等 動態：網球運動、游泳					
應徵項目	電腦系統管理師 電腦系統維護、程式設計					
希望待遇	依公司規定					
備　註	役畢					

 自 傳

（一）何謂自傳

　　自傳是指一個人從出生到現在所經歷種種事情的描述，又稱「自述」。長篇的自傳，也有稱為「回憶錄」。一般求學或謀職的自傳，多屬於短篇簡述性的自傳。舉凡個人的人生觀、個性、嗜好、甚至未來的目標、理想，都可放入自傳內容中，因為這些都是構成自我的一部分。自傳屬於較個人、感性的描述，通常不大適合放在履歷表中的，可以選擇在自傳中呈現。

（二）自傳的重要性

　　自傳是表現自我的重要管道，在呈現自我人格特質與優缺點、專業能力、生涯規畫的同時，也是對於自我過往歲月的反省與檢討，顯現出不同階段的成長與思維，徵試者正是透過自傳的瀏覽，來考核求職者或求學者是否有其檢視自身、認識自我，進而修正自己的能力，將來才能在職場上或學業上融入團隊，實現自我。因此，好的自傳，可以讓徵試者認為此人確實是個人才，增加成功錄取的機會，而願意提供栽培訓練的機會；相反地，平淡無奇或錯誤的自傳，自然也不會讓人產生深刻美好的印象，或甚至留下惡劣的印象，以致喪失一展長才的機會。因此，如何充滿自信又能具體如實、明確清晰地撰寫盡善盡美的自傳，已成為人生諸多重要課題之一。

　　履歷自傳是企業評斷是否給與求職者面試機會的依據，不寫自傳等於把面試機會拱手讓人。為什麼自傳會對面試機會有那麼大的影響呢？那是因為企業徵才時，一方面徵試者不了解你，另一方面當履歷表只能看出一小部分應徵者的情況下，自然會再以自傳來評估你的能力是否足以擔任應徵職務。因此在履歷及自傳中，應充分表達出個人的「專業」、「技能」、

　　「個性」、和「態度」，正符合企業徵才需求；此外，現今幾乎所有

辦理推薦甄選的學校，也都要求學生撰寫「自傳」。有些系所的「自傳」評比，甚至高達百分之三十。由此可見，一篇好的自傳，有時也會成為關鍵性的因素，不可輕忽！通常，一個好的包裝，能夠襯托出禮物的價值，也能表現出送禮者的心意。同樣地，一篇好的自傳，也能夠讓審核教授對你有耳目一新的感覺。相反的，或許你有很好的背景和才華，但是如果沒有適當地表現出來，又怎麼能寄望審核教授獨具慧眼，發現出類拔萃的你，而令你有脫穎而出的機會呢？

（三）自傳的內容

自傳，一般可分求職自傳及求學自傳兩種。求職自傳內容可分四段，而且每一段落都應切中「求職」主題：

1. 第一段敘述

「個人基本資料和成長背景」，以家庭教育對人格塑造的薰陶為主，說明個人成長歷程、性格特質與人生態度上所受到的正面影響。

2. 第二段敘述

「個人的學歷、學科、學習」和應徵職務的關聯，強調在專業技能上符合職務需求。

3. 第三段敘述

提供「社團或工讀經驗的心得和收穫」，凸顯實際執行過的專案活動或工作成果，或凸顯個人的個性和態度符合未來工作所需的性格。

4. 第四段敘述

記得要「再次強調自己的競爭能力、並表達進入企業的強烈企圖心」。

（四）內容的取材

1. 家庭背景

　　包括個人的基本資料與家世略述，家庭成員大致情形（各種成就）。基本資料是個人的表徵，沒有這些資料即使擁有優異的條件與豐富的經歷，就像一個面貌模糊的人讓人無法辨識。基本資料包括姓名、年齡、性別、籍貫、通訊住址及聯絡電話；家世略述包括家庭對於個人學習歷程、性格特質與人生態度上的正面影響，甚至是家庭教育對人格塑造的薰陶關鍵，成長中值得提到的事，因為家庭對一個人的影響頗大，最好選擇對你有正面影響的事情發表。不要太過瑣碎，然而家族如有特殊事跡，對於生涯發展具激勵作用者，則可特別介紹。

2. 求學歷程

　　清楚扼要說明各個求學階段的歷程，及在校的優異表現、幹部、社團經驗。最好說明與應徵工作相關的社團經驗，或者曾擔任的社團幹部及舉辦活動等經驗。但不要只是列舉曾經念過什麼學校或參加過什麼社團、當選過什麼幹部。重點應該是著重在各項團體活動、擔任幹部、參與比賽、社團活動、課業表現的經驗，帶給你哪些心智與能力的啟發與成長。具體分析各階段課程給予個人的影響，個人的學習態度，以及對你影響至深的師長或長輩。把好的成績凸顯出來，若應徵工作與某一學科有相關性，應重點介紹、強調所學課程應可和應徵的工作相銜接。此外，曾經獲得獎學金、或參加校外比賽的經驗等亦應著墨，以展現個人的學習能力。

3. 工作經歷

　　學生大都沒有正式的工作經驗，但可提供在學的工讀經驗、社團經歷等，作為徵試者的參考指標。將個人過去的工作或工讀經歷具體詳實列出，包括公司機關名稱、擔任職務及工作內容等。這些經歷多少可以凸顯個人的一些特質，如志趣、合群性、領導能力、成熟度等，所以備受徵試者所重視。因此撰寫此項的目的在於表達

個人的溝通、領導和團隊合作能力，藉此看出個人的處事應對的態度。若有必要，可適時加入過去所經歷過的心得與體認，從中得到的經驗與啟發。因為對自己個性的闡述，最好是以實例印證，如曾得過的獎項或榮譽、自己的興趣與專長，甚至一些能彰顯自己特性的社會活動或公益活動的參與，舉凡能表現自己獨特個性和專長的項目均可。但要注意，主題要明確，讓焦點集中在一、兩個特質上，避免過度吹捧或描述太過。

4. 能力專長

綜合上述各點，可對自己的能力與該工作性質分析，對於自己的優勢應加以強調，盡力表現曾將阻力化為助力的決心，強調自己求進步的上進心，並表達積極希望進入企業的企圖心與誠意，告訴企業「我就是您要找的人！」。不論是與所學相關或是個人興趣所發展出來的專長，只要是與應徵職務相關的才藝都應列出，有助徵試者評估應徵者的專長是否與應徵工作的要求相符，或個人專長是否有助於工作的推動。可將個人對應徵單位的興趣及期望，如何與未來的計畫及展望相結合，說明為何放棄原先工作而投入此工作，強烈地表達個人學習動機；提供自身所學及發展機會，勢必能讓公司得到最大效益，從而建立徵試者錄取自己的信心。此外，在國際化的趨勢下，外語能力已經成為一項必要的工作條件，具備良好的外語能力當然更應據實呈現，必有加分效果。

至於求學自傳，首先要先釐清寫作內容與重點，例如：想在自傳中表現出自己的哪一面，而這一面最好能凸顯出你的獨特性，讓讀這篇自傳的人一看這些描述就知道是在形容你。由於自傳中適合描寫較深入的部分，所以，自傳的內容與推薦信（師長或系所主管對你的觀點）或讀書計畫（自己對未來學術方面的期許）不要重複，以免評選委員認為你只是老調重彈，而造成反效果。例如，想強調自己的社團經驗，這時就要問自己，是要強調領導能力、團隊合作的精神？還是處理問題的能力等？一般而言，自傳的內容強調

二至三個重點即可，如：

（1）報考本系所的動機、對本系所的興趣

這是非常重要的一項議題，你最好先對你要報考的系所有適當地認識，不要毫無根據地吹捧。最好對該系所所關注的議題能提出具有「建設性」的觀點，這將會令人矚目及重視。另外，針對那些許多大學都開設的相同系所，更要特別說明你為什麼獨獨鍾情於該校或該系所，這是很有可能在面試時被設計成問題的項目。

（2）對未來學術生涯規畫及對以後的志向、期許，分過去、未來

要寫宏觀點（從自傳中，教授們主要是想知道這個學生到底有沒有潛力，有沒有規劃好自己的人生，過去所學所習，有沒有與該系所相關）。關於人生的規畫，在這個階段的深造學習對你又具有何等重要的意義，你都要有自己的想法。

（五）履歷及自傳的寫作通則

1. 敘述扼要

根據觀察，大部分新鮮人寫自傳都會從「家庭背景」寫起，但往往會一不小心就寫得太多，變成通篇是「我的家庭」，企業主看完後還是不知道求職者要應徵什麼職務。還有一些新鮮人會使用「特別的開場白」企圖讓主管「驚豔」，但卻有可能造成「驚嚇」的反效果。例如有求職者在自傳開頭寫著：「在下於二十二年前，從裂縫中來到臺灣這個小島。打從母親看到在護士懷中的我，說了一句『好醜噢！這不是我生的』之後，便開始了我沒人愛的傷感童年。」類似這些均不宜，因此建議，求職者若想從「家庭背景」開始，記得不要冗長，儘快切入主題。也可按出生即從幼年、少年及青年等順序敘述。由家庭而學校、社會；由親人而朋友、師長；由中學、大學或研究所，即自先而後排列。每一個段落，一定要有敘述的重心，不可漫無焦點；各段之間，需文氣連貫，字句切勿重

複，以免讓徵試者認為個人詞窮，並切忌流水帳般記錄個人生平。

2. 表達流暢

　　自傳的篇幅通常不多，所以更要講求縝密的構思與寫作的技巧。因此，在文字的表達上，應力求通情達意，不必刻意修飾詞藻，更無須書寫夢幻般抒情文筆。因為遞送自傳的目的是「找工作」（或「甄試入學」），而非「找情人」。但並不意味著自傳就不能夠包含抒情感性的特質，應該說，自傳的表達仍是以通暢為主要考量，過於濫情或過度的情緒性字眼出現，反而適得其反。但從另一層面來說，若能適切地添入感性或抒情文句，形成文情並茂的出色自傳，相信能有加分的效果。

　　另外，有些新鮮人可能為了表示慎重，使用較艱澀的文言文，如：「敝人甚盼有幸參與此項工作，若蒙執事先生慧眼，請撥空通知不棄本人面試為荷。專此，順頌 商祺。」事實上求職者不需要特別使用此類句型，除了用法可能錯誤，還容易出現錯別字。新鮮人只要使用最熟悉的白話文，再次表達個人的專業、個性、態度、競爭力，徵試者自然能從求職者的履歷自傳中，了解其「思維模式」、「表達能力」、及「所學所能」，判斷是否給予面試機會。

3. 內容具體

　　文句應避免含糊籠統，具體寫出個人的工作經驗或業績。應屆畢業生若是工作經驗不足，可將在學期間的打工經驗，或是參與社團活動的實際經歷合併書寫，一來避免因工作時數過於短暫而無深刻印象，二來讓徵試者得知個人在學期間的特質，因此，「主題明確」很重要。同時，自傳的內容也可以凸顯個人的「關鍵點」，也就是生平經歷中影響或啟發個人最重要的事件，例如獲獎或是各時期轉捩點的事跡，強調此一關鍵點的影響及其後續發展，相信能讓徵試者留下深刻的印象。

4. 語氣平實

　　既然自傳是向他人展現自己的工具，所以在語氣的擇定上，要顯現不卑不亢、謙沖有理的穩重形象。既不可虛浮誇大，也不必自貶身價，應該要具體如實的呈現自己。要做到莊重而不輕佻，平實而不虛妄的表現；也應避免在文中刻意與公司主管或入學面試者「搏感情」，假識熟稔，這對於給人的「第一印象」恐有油嘴滑舌之慮。因此，平實而誠懇的語氣，不卑不亢的言詞，才能傳達正確的訊息。如果希望自傳「好，還要更好」，那麼可以先確定自己希望表達的是什麼？要舉什麼例子來傳達你的訊息？並非平凡就不好，重要的是你曾經為這件事所投注的心力，和你所得到的收穫，這樣才能凸顯出自己的特色。表現自己固然是重點，千萬不要流於自大、吹牛，為了讓你的自傳看來別出心裁，必須多寫一些具體的事實而不是一味的強調自己的優點。挑選一些正面、積極的事例，如果一下子想不起來，可以翻翻日記、照片，或問問同學、家人，有沒有什麼讓他們印象深刻的事情？提醒你，超過五成的徵試者表示，「自傳內容」是決定是否邀約應徵者前來面試的重要依據。新鮮人務必要慎重看待！當然「辭不達意」、「語句使用時機不對」、「用字遣詞太過口語」和「錯字」等問題，是絕對要避免的。

5. 標號正確

　　由於現今普遍缺乏語言文字的表達訓練，因此，對於撰寫自傳的要求，除了要有紮實穩健的內容之外，句子的長短與標號的使用，更是不容小覷的部分。撰寫自傳時，應當避免過於簡略而語焉不詳的句子外；同樣的，太過冗長、蕪蔓枝繁的現象也應該避免。而中文標點符號的使用也應當注意，例如：中文並無的標點符號「" "」，而「 」與『 』混淆的情形，常讓人丈二金剛摸不著頭腦，「；」及「：」的錯誤使用也是屢見不鮮，故標號的使用時機與掌握，是讓通篇自傳更加完善而不可忽視的細節所在。

（六）自傳撰寫注意事項

1. 自傳的字數

　　大抵說來，除非應徵公司或徵試學校有特別的規定，否則一般的自傳字數通常以八百至一千字為宜。當然這也只是普遍通例，撰寫自傳時，應徵者仍需考量自身的需求，可加以彈性調整，而不必然完全依照常規，綁手綁腳。家庭背景與基本資料的內容不可太過冗長，若提及生肖、星座、血型與自己個性的關聯，雖能讓內容較為生動有趣，但不見得所有的徵試者都會相信那一套，而且難免讓人有迷信與不切實際的感覺，建議最好不要。至於個人基本資料最好在二百字以內簡單詳實帶過即可。此外，準備一本好的字典工具書是非常必要的。

2. 內文切勿使用非正式語言

　　這裡所言非正式語言，指涉的是網路語言及電腦表情符號。雖然這些可以顯現撰寫者與時代的貼近，展現「創意」，然而就徵試者而言，工作職場、學術研究上才是發揮創意的最佳場所。因此，撰寫自傳時還是以中規中矩、四平八穩的表達較為適宜，切勿以為「故作可愛」即可獲得青睞。畢竟，自傳的屬性仍偏向正式的文書資料，因此，在徵試者尚未認識個人之前，還是以謹慎的態度對待較為適當。

　　「文字通順」、「辭能達意」是最基本的要求，「無錯別字、不寫簡體字」，言語具體不可抽象，才是重點。多舉例說明而且要使人印象深刻，引用名言、善用對比、引述故事（事跡）；自傳文筆或可活潑、抒情些，但不要咬文嚼字，反而顯得造作。更不要對人、事、物做過多批評，應該把握重點、不拖泥帶水，才是讓徵試者留下好印象的關鍵。

3. 表現自己與眾不同的地方

（1）開頭

　　為達到「先聲奪人」的效果，一個漂亮的開頭是重要的。如果你自認文筆不錯，你可以擺脫一般自傳從個人基本資料、家庭背景、學習經歷的流程，直接切入重點，再採用倒敘的方式，交代其他的個人資料。如果你自認文筆不好，可以用條列式的方法，先收集資料分段寫成，再把片段的文字拼成一篇完整的自傳，是較為輕鬆的方式，也不會因為一個環節卡住，導致後面的進度落後。

（2）結尾

　　通常徵試者看過幾百份的資料後，已經有麻木的感覺，也分不清楚到底誰是誰。所以有一個好的結尾，讓之前的好印象不會被輕易抹去，也是很重要的。結尾不用太長，重點是要簡潔有力，並且呼應前面的主題。

（3）包裝

　　在資訊發達的今日，可以透過電腦軟體來編排完成你的自傳，如果你願意多花些心思，利用電腦簡報軟體（如Power Point）製作個人簡報；或者使用多媒體自傳來凸顯自己；或者乾脆圖文並茂的製作個人專輯，一定會獲得更多的掌聲。總之，只要你有能力、有時間，把這樣的包裝當作報告的一部分，也可以為自己加分不少。在封面和排版上可多用點心思，甚至，之後再拿到影印或裝訂店裡裝訂完成，那就更完美了！

單元 5 　邀請函

金清海

一　邀請函的目的與用途

（一）邀請函的目的

你發邀請函的目的是什麼？就是想把受邀請的人請來。請對方來的目的是什麼？如是個人的目的，當然是請受邀請的親朋好友來分享你的婚喪喜慶。如是機關學校，則是分享它的慶典。如是工商團體，則為行銷產品、形象。不管個人、機關學校、工商團體所發出的邀請函，都有一個共通的目標，就是匯聚人氣。對於個人而言，主人感到做人成功，眾親友願來分享。對於機關學校而言，達到行銷與聯誼的目的。對於工商團體而言，匯聚人氣，比什麼都重要，有人潮就有商機，才能達到行銷目的。

（二）邀請函的用途

1. 個人一般用途

除了用於婚喪喜慶外，所有的交際應酬皆可。如訂婚、結婚、彌月、慶生、喬遷、個展、開業、餞行、洗塵、邀宴、邀遊等等。

2. 機關學校

用於年慶、校慶、畢業典禮、揭牌、破土、謝土、剪綵、大型活動、學術刊物徵稿及論文發表、藝術展覽等之邀請。

3. 工商團體

用於開幕、落成、週年慶及各項工商展覽等。

二 製作邀請函的內容

發出邀請函，是請受邀者來分享或共襄盛舉本次之活動，因此，邀請函的內容包括受邀請對象、活動內容、活動時間、活動地點及活動流程；一般都以設計精緻的卡片製作。

（一）受邀請對象

由發函人及發函機關決定並列冊，以免漏邀；有時候重大活動，被漏邀者會心生不悅。

（二）活動內容

簡明扼要的敘述活動內容，並附邀請語邀請對方，如光臨指導等。

（三）活動時間

提早確定時間，提前發函，讓受邀人可以做行程的安排。

（四）活動地點

安排的地點最好能附交通路線圖，讓受邀人方便到達。

（五）活動流程

附上活動流程，讓受邀人斟酌是否全程參與。

三 製作邀請函原則

讓不想來的人，收到邀請函後，受到感動，願意前來，這就是最好的作品。因此製作邀請函的原則，一定要有下列諸項：

（一）誠懇體貼

臺語說：「誠意呷水甜」，一定要展現出發自內心誠摯的邀請。體貼的部分，如附給受邀者停車安排、或交通接送的服務。

（二）溫馨感性

很多活動可訴諸溫馨感性的呼喚，例如義賣會活動，你可以訴求「你的參與（或出席），會讓許多弱勢的人得到照顧」。

（三）創意行銷

如果是工商展覽活動的邀請函，更要有創意，有行銷的吸引力。

（四）設計包裝

除了學術性的邀請函外，大部分邀請函的設計，宜講求設計包裝，精緻典雅，最好是活動結束了，邀請函仍有被珍藏的意願。

四 邀請函實例舉隅

筆者編撰本單元教材，並無刻意去蒐集，僅就家裡、身邊隨手可找到的，編為教材示例，以見平實。

（一）結婚邀請卡

誠摯邀請您一同分享我們的喜悅
WE INVITE YOU TO SHARE OUR HAPPINESS

新　郎	新　娘
○○○	○○○
男方家長	**女方家長**
○○○	○○○
○○○	○○○

囍

日期：○○○○.○○.○○（星期○）

時間：中午 12:00

席設：鳳山大飯店喜悅廳

地址：高雄市鳳山區站前路 100 號

電話：(07) 1234567

（二）聚會邀請卡

誠摯邀請

謹訂於中華民國○○年○月○日（星期○）
為新春聚會
敬備菲酌　恭請
闔第光臨

王大明　鞠躬

地點：最大餐廳
地址：高雄市政德路十號二樓
電話：（○七）三三四五六七八
時間：下午六點三十分

（三）謝師宴邀請函

謝師宴邀請函

敬愛的○○老師：

　　經歷了四度的鳳凰花開，承蒙您的指導與關愛，讓我們如沐春風。這是個感恩的日子，請您一定要蒞臨，給我們有機會對師恩之浩蕩表達感謝！

時間：○○○年 ○○月 ○○日中午12:00
地點：蘭庭藝苑（高雄市鳳山區文橫路001號）
TEL：07-0123456

　　　　　　○○○級財金系四年乙班全班同學　敬邀

（四）畢業展邀請函

畢業展邀請函

○○先生
○○小姐：

　　來來來，照過來！您不能不看的未來生存空間「綠與美建築設計作品」畢業展。請勿錯失良機！

誠摯地邀請
蒞臨指導

時間：○○○年○○月○○日～○○月○○日
地點：建築系館一樓展覽室

　　　　　　○○大學○○○級建築與室內設計系
　　　　　　四年甲班全體同學　敬邀

（五）畢業典禮邀請卡

○○大學○○○級畢業典禮

貴　家　長　　　台　啟

高雄市○○區○○路○○號　　○○大學　敬邀

親愛的家長您好：

　　又到了鳳凰花開的季節，在莘莘學子完成學業即將邁入人生另一個階段的同時，我們將於民國○○○年○○月○○日（星期日）上午9點於本校○○廳舉辦溫馨感性的畢業典禮，感謝您對本校的支持，誠摯邀請您共襄盛舉。您的光臨，將使典禮更添光彩。

○○大學校長　龔○○　敬邀

（六）新居落成邀請卡

　　謹訂於○○○○年○○月○○日（星期日）舉行新居落成，誠摯邀請分享喜悅，您的光臨是我們無比的榮耀！
敬備菲酌　恭請
闔第光臨

○○○
○○○　敬邀

地址：高雄市鳳山區中央路100號
時間：中午12:00
電話：(07)1236789

五 結 語

　　在人生旅途中，不管是在職場上，或個人之交際酬酢，都必須用到邀請函，可能你會說：「打一通電話，邀請就解決了。」試問：如果是謝師宴，可以用一通電話解決嗎？一張小小的卡片，卻能幫助你傳達孔子「我愛其禮」的意義。又如總統宴請外賓時，可以用電話解決嗎？因此製作邀請函還是個人日常所需具備的能力。

單元 6 讀書報告與學術論文

金清海

一 前 言

　　論文報告是做學問、做研究最重要的方法，也是精進學問的不二法門。透過論文報告，不斷吸收、分析整理、融會貫通所學的知識，成為自己扎實的學問。透過論文的發表，也讓文化智慧結晶傳承下去。論文與報告，有所區隔。論文為正式發表的文稿，有長篇幅的碩博士及學術升等（升教授、副教授、助理教授、研究員、副研究員等）論文，及一般學術性的發表論文。報告，一般用於讀書報告，包含讀書心得、書評、摘要等短篇報告。讀書報告是做學問扎根的基礎工夫，學術論文則是學問提升精進的工夫。本書為適用於大專技職體系大學生使用之教科書，因此以報告為主，同時亦介紹論文部分，以備同學日後念研究所深造之用。

二 讀書報告

　　讀書報告是做學問扎根的基礎工夫，藉由撰寫讀書報告的訓練，奠定製作專題、研究報告與論文的基礎。透過讀書報告的習作，培養主動求知的學習態度。

（一）何謂讀書報告

　　「讀書報告」原意是讀完書之後的心得報告，讀書報告不但是個人思維的傳達，也是寫作藝術的表現。若要別出心裁自創格式，雖無可厚非，但它是訓練做學問的開始，因此也應講求形式與內容，形式上必須具備固定格式，內容也必須加以擴充延伸。掌握寫作的立論，思考書中論述的優缺點，不只是陳述自己的讀後感而已，應加入理性的分析判

斷，才能奠定撰寫論文或畢業專題的能力。通常讀書報告有兩種類型，一為主題式，一為指定閱讀書籍。

1. 特定主題

例如以「溫室效應」為主題，由學生搜尋及閱讀相關書籍，撰寫讀書報告。

2. 指定書籍

例如閱讀《大腦的祕密檔案》，並撰寫讀書報告一篇。

主題式的報告，勢必要搜尋、閱讀多本書籍，才能撰寫周延。指定書籍式的報告，可以該指定書籍作為範圍，當然亦可延伸閱讀其他相關書籍，加入分析整理。雖有些許差異，但是同樣對於培養之後撰寫學術論文的能力訓練，有很大的助益。

（二）讀書報告的重要性

1. 閱讀書籍、論文等文本資料，能擴充知識領域，加深加廣學習。

2. 上網搜尋，能訓練搜尋資料的能力。

3. 撰寫報告時，培養客觀分析、獨立思考、提出創見的能力。

4. 撰寫報告時，訓練寫作、表達技巧的能力。

5. 長期的訓練，能培養主動閱讀求知的習慣與態度。

（三）讀書報告的撰寫原則

1. 形式完整，內容正確。

2. 觀念一致，簡明易讀。

3. 要誠實，不可抄襲。

4. 行文要流暢，有條理，不可拼湊而成。

5. 立論中肯，發掘疑問，培養創見。

（四）如何撰寫讀書報告

1. 撰寫讀書報告的準備工作

「閱讀」與「資料蒐集」是撰寫讀書報告開始的步驟。

（1）閱讀

撰寫讀書報告，必須先從閱讀文本開始。不管是書籍式或主題式，先「形式瀏覽」，將序言、導讀與目錄章節瀏覽一遍，才能掌握閱讀對象。文本（包括資料）閱讀可先依書籍的編排順序（前言或導讀、正文、跋）閱讀，然後整理出通篇的架構。閱讀過程最好邊做摘要記錄，在文本中發現關鍵訊息或重點內容、作品之優缺點或侷限性等，應隨時記錄，一定要把頁碼記下，免得日後再翻閱浪費時間。

（2）資料蒐集

讀書報告，應該要寫得有廣度、有深度，即使是指定書籍的報告，也應該查詢與該書重要內容相關知識的資料，才能進行比較、分析、延伸發揮，心得、看法有所不同，創見也會隨之而來。筆者念大學時，資訊系統尚未普及，只能去學校圖書館找書架上的資料，現在查詢的管道甚多。每校的圖書館皆已資訊化，且都有連結功能，搜尋資料方便多了；除了各校館藏書書目，也可以透過「NBINet 全國圖書書目資料網」進入「NBINet 聯合目錄」蒐集更多的資料。期刊論文部分，可從「國家圖書館首頁」點選「期刊文獻資料網」找到你要的資料。也可透過「全國文獻傳遞服務」，繳費後，取得資料。平常還可以善用「搜尋引擎」及線上資料庫系統來找尋資料。

2. 讀書報告撰寫實例說明

（1）書評、摘要的參考格式

系級別		姓　　　名		學　號	
書　名		作（編、譯）者		出版社	
寫作內容（摘要）					

　　通常書評具有宣傳、教育、傳播知識與文化媒介等目的。書評的撰寫重點可分為「介」與「評」。「介」是介紹該書之內容情節概況、該書的重點。「評」是指評論該書的內容，指出其優缺點或侷限性。摘要是訓練學生抓住重點，將長篇大論，做精簡扼要的濃縮。書評與摘要，都是訓練學生短篇論文寫作的工夫。

（2）指定書籍式的報告

　　以《一公升的眼淚：與頑症對抗的少女亞也的日記》為例，其參考格式為標題、署名與書目→內容摘要→心得感言→分析評述→參考文獻。如果內容較少，亦可參考書評格式撰寫。

A. 標題、署名與書目

《一公升的眼淚：與頑症對抗的少女亞也的日記》讀後感

作者：木藤亞也

譯者：明珠　　臺北：高寶出版社　　2006.4.6

○科系一甲　　張大明

B. 內容摘要　本書重點之陳述，引導讀者快速掌握書籍的概況。

C. 心得感言 　對於作者與病魔對抗的欽佩，以及心靈悸動的感性陳述。

D. 分析評述 　將蒐集的資訊例如「脊髓小腦萎縮症」相關論文的運用，提出醫療的照顧與防範；或延伸閱讀病症雷同的資料，如大陸馬文仲與古慶玉「牽手人生」、「希望小學」等故事，做評比論述。

E. 參考文獻 　如無，則免列。若有，則依照本單元下半篇學術論文──參考文獻之排列方式來排列。

　　筆者教授大一國文課時，學生所繳交的讀書報告常有以《一公升的眼淚：與頑症對抗的少女亞也的日記》為題，寫作順暢沒問題，但大多只是「心得感言」，及內心悸撼的感觸，無法就本書主題產生之因，去做加深、加廣的資料蒐集補充與論述。在課堂上筆者會以學生作品，就其優劣提出看法與學生分享，提醒他們可從「分析評述」部分，看出彼此做學問的態度。以本題而言，筆者會建議他們去看洪蘭教授翻譯的《大腦的祕密檔案》，因為許多病變皆與大腦有關。讀書報告，不是只有感性抒發，也應有知性分析與理性評述，加上人文關懷，才算是一篇好文章。在此一訓練過程中，你已比別人多接觸不同領域的知識，而這也增強了自己的通識能力。

（3）主題式的報告

　　以「電影《阿凡達（Avatar）》風潮的啟示」為例，其參考格式為題目→文獻回顧→正文（議題論述）→參考文獻。

A. 題目

電影《阿凡達（Avatar）》（Avatar）風潮的啟示

科系一甲李大緯

（這是一個很新潮的主題，可在正文中盡情揮灑。）

B. 文獻回顧

以每位同學的科系背景或興趣方向去搜尋文獻。例如學電影的，可找出世界各主要電影國家有關電影《阿凡達》的影評資料；又如學天文物理的，可搜尋「外星生命」相關的文獻，作為回顧評述。

C. 正文

2009年底電影《阿凡達》在全世界掀起風潮，引起相當大的震撼，尤以中國大陸的票房，帶動了無限商機。學文學的朝向「美麗的新世界」去築夢；學電子、電機、資訊、軟體設計的看到3D概念商機，導因於3D電影會帶動未來3D電視的革命，可說是電子業的重大革命，這其中相關的軟硬體設備、零件及軟體設計，皆有龐大商機，例如3D LED液晶電視觸控面板、藍光播映器、3D動畫及其他軟體設計。為了追求影視聽覺的享受，只要消費價錢合理、技術水準達到了，3D電視的世界自然會來臨。當然，每位同學可依循自己的興趣，選擇往哪一個方向去做論述，可以選擇去追尋「美麗的桃花源」，也可選擇去探究星際之間的奧祕。你的幻想、你的追夢，都是人類進步的原動力，總之，要用「新眼光」去看「新世界」。

D. 參考文獻 （略）

三 學術論文

學術論文主要分成兩種，第一種為學位及升等論文，如碩士學位、博士學位，及助理教授、副教授、教授、助理研究員、副研究員、研究員等升等論文，屬於長篇幅大論文，字數、分量較多，可以單書出版。第二種為研討會發表論文或發表於期刊、學報的論文，字數、分量較少，常由主辦或發行單位集結成冊出版。論文的製作，茲依撰寫步驟、

撰寫原則、論文撰寫格式、參考文獻四個部分，擇要說明如次：

（一）撰寫步驟

1. 選定題目──提煉萃取與被動接受

　　論文題目依照自己的能力與興趣來決定，在自己原來研究的基礎中提煉萃取。尤以自己有興趣，又是長期研究領域中的創見或新發現，作為題目，這是提煉萃取。另外是請師長或同好，提供研究參考方向，這是被動接受。當然以提煉萃取為佳，能寫前人所未寫，而且具有研究價值的題目。

2. 蒐集資料

　　訂好題目之後，利用各種資源，搜尋與所訂主題相關之專題資料，範圍要廣，要有深度，視野要高，才能在別人的基礎上，發展出更新、更有價值的研究成果。

3. 文獻評鑑

　　學術研究的借鏡及成果，常為人所用，雖說「站在巨人的肩膀上看得遠」，但對初學者來說，談何容易。蒐集來的資料，有關本選題，已經發表之相關論著，質量和內容究竟如何？必須經過文獻評鑑，整理分析出其優劣，才可以做篩選。如果前人所做，量已多，則棄之為宜，此時應另闢蹊徑，選擇創新發明。

4. 製作卡片

　　將蒐集的資料，包括資料名稱、書籍、期刊、雜誌或書報的名稱、作者、出版時地、卷期數、頁碼、出版者等等，都需詳加記錄。

　　在閱讀文本，做文獻評鑑時，若有神來之筆或會心之思，宜將這些資料分門別類登錄於卡片上，作為撰寫論文時提供方向及文思之用，因為常常有些觀點，可能稍縱即逝。

5. 擬訂大綱

　　一本或一篇論文的大綱很重要，猶如建築工程中的設計藍圖，在寫作上具有指引方向、理出頭緒的功能，也可以正確地篩選蒐集來的資料。大綱確定後，才能依每一章節逐一充實完成。

6. 撰寫初稿

　　從所蒐集的資料，分析、整理、編排，依照大綱來寫作。蒐集的資料越豐富，個人的研究心得會越多，但資料的取捨，也是一門學問，論文大綱可能隨時會有所調整或變動或修改。根據的資料，儘量運用原始（一手）資料，如有二手或三手資料，應依循找出原始資料，不得已時，必須註明轉引，做出清楚的區分。

7. 修改初稿

　　針對完成的初稿，就格式、結構、內容、主題等方面，詳細思考及檢視，看是否清晰一貫，或是否有所遺漏，必要時加以修改。可隨章節隨時發現修改，亦可通篇完成後修改，最後做總修飾。如有指出預期目標者，其結論要檢視是否符合，才不會有矛盾或不符的現象。

8. 校對完稿

　　逐字、逐句、逐行、逐章、逐篇的加以校正檢閱，並隨時修飾潤色，務使文意通暢，用語貼切，文句精鍊，將錯誤減到最低，自己經過一校、二校、三校後，最好再請專業伙伴幫忙校對。

（二）撰寫原則

1. 評估資料

　　查看所蒐集到的資料，可先翻閱目次、序文、導論等，是否為你所要撰寫論文的重點資料，以免浪費時間；如果是，再進而細看所需要的內容章節，決定是否要採用，以及要大用還是小用，這是評估資料。

2. 利用資料

　　盡可能使用原始資料，從中去做剪裁、增生與豐富。其次，判斷二手資料是否可供參考，並可從二手資料去蒐集一手資料。

3. 呈現創意，表現成果

第一：要能充分吸收消化、分析統整、融會貫通之後，加以充分表達。

第二：要能重組貫串片段零星的資料，組成一套完整而有系統的心得。

第三：最重要的是能提出個人創見。沒有創見，無法超越前人，只是述而不作，沒有價值。一般在評論一篇合乎標準的論文時，碩士論文及其同等的論文，要求要有 50% 以上的創見；博士論文及其同等的論文，要求要有 70% 以上的創見。

4. 忌剽竊抄襲，重視引文注釋

　　引用資料時，應忠於原文，不可隨意刪改，引文長度要適中。

（1）論文中的某些地方，必須使用注釋。主要有三種情形：

第一：引用資料要註明出處，否則有剽竊別人見解之嫌。

第二：行文之中會打斷文氣的地方，須以附註的方式做解說。

第三：與行文內容有關聯，但不適合放在正文，又有必要說明的內容。

（2）論文注釋的方式有三種：

第一：採隨文註，在行文中加括號，並在括號內做註。

第二：採當頁註，將附註置於該頁底下。

第三：採文末附註，附於全文之後，如有章節者，附於每章之後。為讓讀者閱讀方便，目前大都採當頁註。

（3）引文注釋與範例：

　　　引文注釋，因為是引用作者之論述，作者姓名通常置於

前。引註之格式為作者，書名，地點，出版社，時間，頁碼。引註之範例如下：

註 1.方俊吉，《孟子學說及其在宋代之振興》，臺北，文史哲出版社，1993，頁 35。

註 2.陳龍騰、楊富強、林正順，《人權保障與實用法律》，高雄，高雄復文圖書出版社，2009，頁 38。

註 3.金清海，《臺閩地區傀儡戲研究》，臺北，學海出版社，2003，頁 42。

5. 行文順暢

如行文是否有扞格不入？是否有中心思想？章句組織是否有貫串？評論是否客觀？引證資料是否確切？雖皆小細節，仍須留意。

（三）論文撰寫格式

1. 緒論

緒論又稱為緒言、導言、引言或前言，是一本書或一篇文章的開端。敘述研究的經過，包括研究背景、動機、目的、文獻探討、研究範圍、研究方法、預期效果及介紹全文的重心（或章節重點）。如果不是一本書而是一篇論文，「緒論」不宜太長，並可改稱「前言」。

2. 正文

是全文的主題，通常以篇、章、節來區分（每一章開頭，另起新頁），層次區分及從屬關係，都要脈絡清晰，不要雜亂又糾葛不清。依論文內容各有不同的章節安排，論文小節的多寡也依材料而定，但應注意各章節間需作合理之安排。例如論文是要研究一位歷史人物，應從生平、背景、著作討論起，其他章節，才安排進入他的事功、思想、影響等討論。章節的安排要以能凸顯預期的目的為主，例如題目是研究某朝代學術思想的風格，前半篇應討論當朝代學術思想的流變及概況，後半篇應討論重要的代表思想家的思想內

涵與特色風格。

3. 結論

　　如果是短篇論文，可用「結語」作結。一本論文，結論可單獨成篇，為前面正文的論述做總結，至少要將前文的論證部分做最簡要的敘述，讓讀者在很短時間內得知論文的論證結果，甚至是論文的創見是什麼。如未能解決或論述不足的問題，可在結論末點出，以待來者繼續鑽研。

4. 論文結構範例

（1）博士論文結構範例

○○大學○○學系研究所

博士論文

以智慧資本架構

探討公司資訊科技投資策略對組織經營績效的影響

Investigating the Impact of Corporate IT Investment Strategy on Business
Performance
Using an Intellectual Capital Framework

研究生：廖○○撰
指導教授：屠○○博士
中華民國○○年○○月

論文摘要

　　近年來，企業處於資訊科技快速進展與競爭激烈的環境，資訊科技投資策略是影響企業繼續生存的重要因素，且公司資訊科技投資須視競爭對手投資策略、及公司互補性資產互相配合才能發揮最大的效用。然而，資訊科技投資策略對組織的影響評估，需要一套有效的經營績效評估工具，才能夠正確有效的帶領組織朝向目標發展。現今的績效評估方法多以財務及營運現況為主要衡量項目，將不易完全洞察經營的全貌，唯有透過人力開發、顧客關係管理及標竿管理等工具才能改善傳統之缺失。

　　本研究以智慧資本架構及互補性資產理論為理論基礎，以台灣資訊密集服務產業為研究對象，透過深度訪談及德菲法等衡量指標建構方法，提出一套以「智慧資本架構」為基礎的「資訊科技投資策略對組織績效影響」架構。為使研究模式與產業情形相結合，本研究透過資料包絡分析比較資訊密集服務產業中，各公司利用資訊科技投資策略之效率，並透過路徑分析檢視指標間的關連性，作為研究模型建構的基礎。另外，由於資訊科技投資策略與組織經營績效間具有時間滯延的特性，屬於動態性複雜問題，因此本研究導入系統動力學方法，分析市場上兩家相互競爭的個案，透過模擬及政策與情境分析解釋不同 IT 投資策略對於組織經營績效的影響，模擬結果將有助於企業資訊科技策略制定及整體經營績效的衡量。

　　研究結果發現，透過資料包絡法進行產業應用資訊科技的效率分析，分析結果發現資訊科技投資多寡、員工素質、員工生產力等因素，會影響到資訊科技投資的績效，且不同類型公司的資訊科技投資績效會有所差異。效率分析未探討指標間的關係，因此本研究透過路徑分析的分析結果驗證研究模式中「智慧資本架構」5大資本構面間是互相影響的。另外，考量資訊科技投資對組織績效影響具時間遞延及回饋的特性，透過系統動力學作為本研究模型建構的基礎，透過系統動力學模擬及政策與情境分析的結果顯示，不同資訊科技投資策略及互補性資源的配合程度，對組織績效經營績效的影響皆不同，本研究中的資訊科技投資對組織經營績效之評估模式及研究結果，除了可供後續研究參考，也可提供相關產業之管理者，作為資訊科技投資決策之參考，協助企業在不同市場環境及競爭對手策略下，妥善規劃公司本身有形及無形資源，擬定一個有效且有用的投資策略，以獲取長期的競爭優勢。

關鍵詞：智慧資本、資訊密集服務產業、價值創造、組織經營績效、資料包絡分析、資訊科技投資、平衡計分卡、德菲法、系統動力學

Abstract

In recent years, companies are facing fierce competition and fast advancement of information technology (IT); thus, how to enhance corporate performance and obtain competitive advantage through IT investment in this dynamic environment has become an important issue for academia and businesses. Investigating the impact of corporate IT investment strategy on business performance need an effective performance measurement tool that help organization on the correct objective. We suggested that evaluate business performance through human development, customer management and benchmark management could improve the shortcomings of traditional evaluation tools. This paper referred intellectual capital and included a review of the latest literature on performance measurement and consolidated these findings, examining the interrelationships and the interaction effects among intellectual capital components and organizational performance.

Based on intellectual capital and complementary assets theory, we proposed a model with regard to how IT investment strategy impact to business performance. This paper used data envelopment analysis comparing the efficiency of IT investment in information-intensive service industries and used path analysis investigating the relationship of measurement indicators; these analysis is used as the basis of research model of this paper. Since there is time delay in the transfers from IT investment to the market performance, the impact of IT investment on market performance is a problem involving dynamic complexity. Thus, from the perspective of long-term, non-linear, closed-loop causality, this study developed a computerized system dynamics model to analyze the dynamic relationships between corporate IT investment strategy and business performance in information-intensive service industries. The results of this study provided several important implications for IT investment management research and practice. The paper helps managers understand better the dynamic interrelationships in organization design and, in particular, the interrelationships between an organization's profitability (both short-term and long-term) and investment in human competence, internal process and innovation and relationship building measures with customers. The proposed system dynamics model also provided IT managers with a useful decision support tool for evaluating different IT investment strategies.

Keywords: System Dynamics、Data Envelopment Analysis、Delphi、Balanced Scorecard、Business Performance、Information-intensive Service Industries、Value Creation、Intellectual Capital、IT Investment

目　錄

圖目錄

表目錄

（**2**）單篇論文結構範例

　　　　每一種期刊、學報都有撰稿格式，只要想投稿，論文就必須按照它們所規定的徵稿撰稿格式書寫。範例如次：

撰稿格式範例

一、章節使用符號，依一、（一）、1.、（2）……等順序表示。

二、請用新式標點，書名號用《　》，篇名號用〈　〉，書名和篇名連用時，省併篇名號，如《莊子・天下篇》。

三、獨立引文，整段內縮三字元。

四、注釋號碼請用阿拉伯數字標示，如 1.、2.……，用 word 頁下注。

五、注釋之體例，請依下列格式：

（一）引用古籍

　　1. 古籍原刻本

　　　　宋・司馬光，《資治通鑑》（南宋鄂州覆北宋刊龍爪本）卷 2，頁 2 上。

　　2. 古籍影印本

　　　　明・郝敬，《尚書辨解》卷 3（臺北：藝文印書館，1969，百部叢書集成影印湖北叢書本），頁 2 上。

（二）引用現代出版專書

　　王夢鷗，《禮記校證》（臺北：藝文印書館，1976），頁 102。

（三）引用論文

　　1. 期刊論文

　　　　殷善培，〈敦煌本瑞應圖殘卷的結構與文化意涵〉，《淡江中文學報》5 期（1999.6），頁 147 ～ 167。

　　2. 論文集論文

　　　　余英時，〈清代思想史的一個新解釋〉，《歷史與思想》（臺北：聯經出版公司，1976），頁 121 ～ 156。

　　3. 學位論文

　　　　潘驥，《張達修文學研究》（碩士論文，中正大學臺灣文學研究

所，2009），頁 20。

（四）引用報紙

　　　丁邦新，〈國內漢學研究的方向和問題〉，《中央日報》，
　　1988.4.2，第 22 版。

（五）再次徵引

　　註 1：殷善培，〈敦煌本瑞應圖殘卷的結構與文化意涵〉，《淡江中文學
　　　　　報》5 期（1999.6），頁 147 ～ 167。

　　註 2：同前註。

　　註 3：同註 1，頁 150。

（六）文末請附主要參考及引用文獻，包括書目及期刊論文等。

　　參考文獻或稱參考書目，其中包括的資料有專書、文集、期刊、學
報、論文等，它除了表示本著作或論文所採用的資料外，也表示該著作或
論文學術上的價值，更指點了讀者對類似問題可供參考的方向。參考文獻
置於論文的後面，其編排順序及格式，說法不一，只要合乎系統邏輯即
可。本文所提供之例，依出版時間排序，再依叢書、專書、學位論文、學
術論文、期刊、學報等排序。條列時依書名、人名、地名、出版社、出版
時間排序。

參考文獻格式範例

1. 叢書（依出版時間排序）

正統道藏	臺北：藝文印書館，1977 年
景印文淵閣四庫全書	臺北：臺灣商務印書館，1983 年
地藏菩薩本願經（木刻版）	臺北：方廣文化事業有限公司，1998 年

2. 專書（依出版時間排序）

中華全國風俗志	胡樸安	臺中：精華書局，1959 年
東坡志林	宋・蘇軾	臺北：臺灣商務印書館，1966 年
燕京歲時記	清・富察敦崇	臺北：廣文書局，1969 年 9 月

3. 學位論文

儒家孝道思想研究	石致華	臺北：輔仁大學哲學研究所碩士論文，

1982 年 6 月

道教文獻中孝道文學研究　周西波　臺北：中國文化大學中國文學研究所碩
士論文，1994 年

《地藏經》及其孝道思想　蔡東益　華梵大學東方人文思想研究所碩士學位
論文，2000 年 6 月

4. 學術論文

鐘文伶　論湯顯祖《南柯夢記》與佛教　高師大國博——「源頭活水」論文
發表會，2008 年 3 月

金清海　從民間宗教談古代的醫療與養生　正修科技大學第二屆宗教生命關懷
學術研討會，2008 年 12 月 19 日

5. 期刊、學報

曾昭旭：〈孝道與宗教〉(《鵝湖》，1970 年 3 月第 9 期)。

廖廣卿：〈儒家孝道文化面面觀〉(《柳州師專學報》，2003 年 3 月第 18 卷第 1
期)。

四　結　語

　　態度決定未來成就的高度，學會了寫作論文與報告的方法後，就要看你是否終身與它做朋友，做學問的路途是很寂寞的，只要你堅持，就會有機會成功。錢穆、曹永和兩位先生，都沒有大學學位，但是他們掌握了撰寫學術論文與報告方法，扎實地做學問，一步一腳印，最後著作等身，除了成為博士生的指導教授，也成為國學及史學大師。

單元 7 對 聯

康維訓

對聯概說

　　對聯，顧名思義，是指兩組字數、句法相對偶的文句，以二組為一副，故稱之為對聯。這兩組文句刻意地在相對應的位置上，講求詞性或詞類的相對，要求平仄相反的聲律，由此，組成了字字對仗、上下聯互相呼應，以表情達意的一種小品應用文。

　　由於漢字本身具有單音、獨體的特質，所以，在文字的組合上，容易形成相偶為美的形式。對聯不僅形成文字排列整齊的形象美，而且讀起來具有抑揚頓挫的音律美，這是我國文化的獨特產物，為全世界各國文字所沒有的。對聯的應用極為廣泛，在我國的文化氛圍中，幾乎隨時隨地可見，不論是祠堂寺廟、名勝古蹟、別墅軒齋、亭臺樓閣，或者普通人家的廳堂書室，到處都有對聯的蹤跡。對聯既可抒寫情趣，又可寄託懷抱，實在是華人社會最具文學藝術特質的應用文學。對聯是我國特有的文體，由於用語雅潔，結構勻稱，匠心巧運，音韻悅耳，歷史上許多傳頌不休的名聯巧製，往往令人傾倒。

　　對聯之名，合而言之，有「對句」、「對子」、「聯句」、「聯語」、「楹聯」、「楹帖」等稱呼；如分而言之，則對聯的前半部分，稱之為「上聯」、「出句」、「上支」、「上比」、「對頭」、「對公」；至於後半部分名稱則分別以「下聯」、「對句」、「下支」、「下比」、「對尾」、「對母」為相應。

　　對聯的形成，與駢文和五七言律詩有著密切的關係。駢文通篇以對句的形式書寫，近體詩中的律詩則在第二聯（三、四句）和第三聯（五、六句）。要求嚴格的對仗，其音律與句法的規律，為對聯提供了豐富的養分，所以最初的對聯多是五言和七言，但發展到後來，對聯成為

一種長短不拘的形式，對聯的文字藝術，就表現出輕重得體，雅俗不拘，嬉笑怒罵，無所不宜的特性來。

最早的對聯，史載為五代末年陳摶（871～？年）有「開張天岸馬，奇逸人中龍」之句。五代之後蜀主孟昶（919～965年）撰寫「新年納餘慶，佳節號長春」句子張貼，被視為對聯中「春聯」的濫觴。

對聯經過五代時期的發展，到了明代，再經朱元璋的大力提倡，宋、元、明、清各代極力揮拓，對聯的應用更盛，舉凡文人聚會，科舉考試，酬贈寄情，詠物抒懷，競文逞巧，對聯顯然成了一種極富文字藝術與魅力的應用文學。

二 對聯的種類及其應用

對聯的種類很多，據清代梁章鉅《楹聯叢話》一書所劃分，計有故事、應制、廟祀、祠宇、官衙、勝跡、格言、佳話、輓詞、集句、雜綴等，其分類標準稍雜。單就應用之範疇而言，則不論是節慶、祝賀（賀春聯、賀壽聯、賀新居、賀學成、賀升官……）、哀輓、題贈、寄託思理情懷等，處處可見對聯之應用。其屬於暫時性的對聯，事後即撤（如：婚聯、喜慶聯、輓聯……）；其屬於長久性者，通常或鏤於石柱，或刻於木板，或請名家書寫，精心裝裱後懸以示人（如：寺廟聯、廳堂聯、名勝聯……）。

在書寫習慣上，由於對聯的書寫常伴隨著書法藝術為表現，所以一律以直行為準則。

（一）節慶聯中，以春聯之撰寫應用最普遍

　　放眼天嬌春野曠
　　暢懷人樂福田多（筆者自撰）

　　好景年來別舊染
　　吉祥時至迪清心（筆者自撰）

（二）哀輓類

> 是七尺男兒生能捨己
> 作千秋雄鬼死不還家（魯迅輓瞿秋白）

> 齒德俱尊更卅載柏臺以風憲護天人綱紀
> 詩文兩絕有百篇珠玉並翰墨為世代楷模（輓于右任聯）

（三）祝賀類，如賀婚聯、賀壽聯、……

1. 賀婚之例

> 意似鴛鴦飛比翼
> 情如鸞鳳宿同床

> 二姓聯婚成大禮
> 百年偕老樂長春

2. 賀壽之例

> 瑤池桃熟三千歲
> 海屋添籌八百春

> 福星高照滿庭慶
> 壽誕生輝闔家歡

（四）題贈之例

> 丈夫當死中圖生禍中求福
> 古人有困而修德窮而著書（曾國藩贈弟國荃）

> 立品惟當謙遜內
> 德人不外慈悲中（筆者為呂立德老師所撰嵌字聯）

（五）自題之例

> 橫眉冷對千夫指
> 俯首甘為孺子牛（魯迅）

> 清風明月不論價
> 紅樹青山合有詩（梁啟超）

三　對聯的創作

　　一副好的對聯，必須達到意義精鍊、措辭優美、聲韻和諧、趣味雋永等藝術特性，才能膾炙人口，傳頌不墜。所以對聯創作，必須注意幾個特點與要求，不能率性而為，否則，可能毫無文采而流於粗鄙，例如這樣的對聯：「路一步一步地走、飯一口一口地吃」，其主旨雖然對生活必須踏實也有所指涉，但讀來卻總不免索然無味，對於同樣主題的對聯「路從絕處開生面、人到後來看下臺」（李桂山自題聯），讀來便令人充滿著生命的感觸與警惕，兩副聯文比較起來，一俗一雅，一粗率一精鍊，高下立判。

　　撰寫對聯，要注意以下幾個要點：

（一）對仗工整

　　對仗是對聯最重要的形式特徵，亦即上下聯的詞句，不論是字數的多寡與句法的組成，都必須相對，其中，名詞對名詞，動詞對動詞，形容詞對形容詞，甚至於連虛詞的使用也必須遵守對仗的要求，這才是對聯的正格。另外，上聯所使用的字，下聯不宜重複出現；但是，上聯在某些位置刻意重複使用的字，下聯也需另字照做，茲舉例以見其工巧：

> 松下弈棋松子時隨棋子落
> 柳邊垂釣柳絲常伴釣絲懸（黃山谷和蘇軾聯）

> 自在自觀觀自在
> 如來如見見如來（普陀山聯）

（二）平仄協調

　　世界上的語言文字，獨中文具備平、上、去、入四聲之別，其中，平聲又分陰陽，上去入則歸於仄聲，明代釋真空有〈四聲歌訣〉云：「（平聲）平道莫低昂，（上聲）高呼猛烈強，（去聲）分明哀遠墮，（入聲）短促急收藏。」顯然四聲之運用其實關係著聲音的輕重長短與快慢

疾徐，只有平仄聲音的交替使用，才能使聲調讀起來具備高低起伏、抑揚頓挫的美感。

　　撰寫對聯必須講究平仄，特別應該注意的是：上聯的末字宜仄，下聯的末字宜平（此乃就一般性原則而言，亦有例外）。由於漢字大量運用著雙字為詞組，音節的落點大都在偶數字上，所以，只要注意雙數字的平仄交錯，便可大略合格。基本上，可以參考律詩的平仄規範，俗說：「一三五不論，二四六分明」，便是此意，至於上下聯之間偶數位置相對應的各字，都應該平仄相反。

　　除上所述之原則外，還需留心，不要犯了「孤平、孤仄、三平落底、三仄落底」的毛病，以避免音韻上的拗口。另外，必須一提的是，語音本隨時代而有所變異，若在創作之時，選擇以當代聲韻取音者，應該是無傷大雅，不必苛責的。茲檢錄幾副對聯以見其平仄：

> 水能性澹為吾友（仄平仄仄平平仄）
> 竹解心虛是我師（仄仄平平仄仄平）

> 室雅何需大（仄仄平平仄）
> 花香不在多（平平仄仄平）

（三）命意雅馴

　　文字之所以動人，乃是因著其中所蘊藏的思想或情感，所以撰寫對聯務求避免人云亦云的陳腔濫調，也必須依據時間、場景、對象來深加思考，才能寫出意蘊豐富，深刻獨到的作品，令人一唱三嘆，回味無窮。因此創作之人應該要具備豐富的人文素養，能見人之所不能見，能達人之所不能達，其作品才能引起觀賞者的共鳴與迴響。以下試舉幾副題材相同，而命意不同的對聯，以見命意之重要；例如同樣是戲臺聯，由於觀點的不同，雖皆賦予「人生如戲，戲如人生」的人文情懷，卻可以創造出異彩紛陳的對聯：

> 看我非我，我看我，我亦非我；
> 裝誰像誰，誰裝誰，誰就像誰。（梅蘭芳座右銘）

> 面目總非真，借己證人，由他做作；
> 事情多不假，居今鑑古，要你思量。（蒲松齡題戲臺聯）

> 你打起臉來，全憑著幾件衣裳，今日頓忘前日樣；
> 我睜著眼看，任做盡百般情態，上場總有下場時。（佚名）

四 對聯賞析

　　對聯的用語，自來大都採用古典的語言與修辭，來表現以小見大的精鍊與優美，當然現代的對聯也不妨以白話來寫作，但是，由於白話結構中的虛字和語氣詞較多，所以，文學意蘊的密度，自然就顯得淡薄一些，如非匠心巧具，白話對聯的佳作實不可多得，當代書法家謝宗安曾自題一聯：

> 非飲酒者那得如此昂藏義氣
> 是讀書人才有這分硬朗骨頭

　　全文以白話的語氣來寫，卻寫得奇倔縱橫，寄託一分傲人而自負的骨氣，卻又能引人會心一笑，實是白話對聯的佳作。

　　明代的藝術天才徐渭曾有一副令人驚嘆的作品：

> 好讀書不好讀書
> 好讀書不好讀書

　　上下二聯遣字用詞完全相同，實為古今絕調，句中四個好字，分別讀為ㄏㄠˇ、ㄏㄠˋ、ㄏㄠˋ、ㄏㄠˇ，意謂著應該好好讀書的歲月不愛好讀書，等到年事漸長，愛好讀書之時卻已不能好好讀書。一副對聯寫出作者深刻的自省與感嘆，平凡中見出不平凡，不知要引出多少讀者的共鳴。

　　清末的沈葆楨曾為鄭成功撰寫一聯，鏤刻於臺南延平郡王祠的楹柱上，有「臺灣第一聯」的雅稱，原作如下：

開萬古得未曾有之奇，洪荒留此山川，作遺民世界；
極一生無可如何之遇，缺憾還諸天地，是創格完人。

　　這副對聯將鄭成功一生成就含括其中，寄託景仰與感慨，有寬解，有讚頌，誠是寄興深刻的佳作。

五 對聯示例

（一）春聯實例

太平有象
幸福無疆

萬戶曉光曙
千門淑氣新

春風大雅能容物
秋水文章不染塵

時際三陽多淑氣
家敦一樂有和風

一門天賜平安福
四海人同富貴春

松竹梅歲寒三友
桃李杏春風一家

一城花雨山河壯
滿苑春風天地輝

一元二氣三陽泰
四時五福六合春

天將化日舒清景
室有春風聚太和

錦繡春明花富貴
瑤玕畫靜竹平安

遙聞爆竹知更歲
偶見梅花覺已春

階前春色濃如許
戶外風光翠欲流

東風送暖千叢綠
旭日光生萬戶春

纔見早春鶯出谷
更逢晴日柳含煙

爆竹二三聲人間改歲
梅花四五點天地皆春

室有芝蘭其香自韻
人如松柏與歲長新

（二）名人名跡題聯實例

無相布施，無我度生；
無住生活，無證而修。（星雲大師）

全以山川為眼界
別有天地非人間（康有為）

一顆愛心喜迎天地萬物
十分柔情善待流浪生靈（席慕蓉為保護動物協會題聯）

兩腳跨中西文化
一心讀宇宙文章（林語堂四十自況）

願乘風破萬里浪
甘面壁讀十年書（孫中山）

世事讓三分天寬地闊
心田留一點子種孫耕（曾國藩）

生無補於時，死無關乎數，辛辛苦苦著二百五十餘卷書，流播
四方，死亦足矣；
仰不愧於天，俯不怍於人，浩浩蕩蕩數平生三十多件事，放懷
一笑，吾其歸歟！（俞樾自輓聯）

涵養沖虛，便是身世學問；
省卻煩惱，何等心性安和。（弘一大師）

去老范一千年，後樂先憂，幾輩能擔天下事？
攬太湖八百里，南來北往，孤帆曾作畫中人。（易君左題岳陽樓）

代天理陰陽非因紙獻錢燒百般貢媚災殃免
巡狩周審查但願善遷惡改一道修真末劫消（南鯤鯓代天府正聯）

到此閒遊莫放過北嶺奇巖南國寶樹

來人勿躁且靜觀西山暮靄東海朝輝（林渭訪墾丁公園題茅亭聯）

清水碧蓮侵月色

巖山紫竹引風聲（彰化社頭清水巖寺聯）

姓字留香埋骨留香桂子山頭瞻廟貌

日月不改貞心不改南明史簡紀彤輝（顏興題臺南五妃廟聯）

開覺路如來如去

元始天無我無人（臺南開元寺聯）

忠貞貫日月，萬古勳名垂竹帛；

義氣塞天地，千秋英烈壯山河。（高雄市苓雅區武廟聯）

一道辭曹書，媲美武侯箋二表；

三分尊蜀統，定評朱子筆千秋。（臺北新莊武聖廟聯）

天工開物，憑吾儕才情，雕琢大千世界；

祥和斯美，仰前賢風範，充實有為人生。（花蓮天祥門樓）

單元 8　題　辭

呂立德

 題辭概說

　　「題辭」也作「題詞」，係為表達稱頌、勉勵、讚美、慶賀、惜別、紀念、祝福、警戒、慰問、哀悼等心意而使用的簡約語詞。若探究其性質，係源於古代的頌、贊、銘、箴等類文體，其中頌、贊為頌揚、褒讚的文辭，如《文心雕龍・頌贊》說：「頌者，容也，所以美盛德而述形容者也。……讚者，明也，助也。昔虞舜之祀，樂正重讚，蓋唱發之辭也。」銘、箴則為古代聖賢用來警戒、勉勵的文辭，如《文心雕龍・銘箴》說：「銘者，名也，觀器必也正名，審用貴乎盛德。……箴者，所以攻疾防患，喻鍼石也。」頌、贊、銘、箴於古代多為長篇，惟演變迄今的題辭已由繁趨簡，少則一兩個字，多者也不過數語，通常以四個字用得最多。其使用對象，頌、贊可以是生者或死者，以及其相關著述、書畫作品等；銘的對象，也涵蓋生死，以及自我勉勵；箴則只用於生者及自己。

　　現今的題辭較之古代僅止於頌揚讚美與警戒勉勵的功能更為擴大，已大量地運用於日常生活的各種場合，因為在社會步向高度文明的同時，人與人的互動將更為密切，舉凡對生老病死、婚喪喜慶、升遷、功成身退及善行義舉等，表達關心、慰問、祝福、肯定、感謝、勉勵、欣喜之情。至其語言運用較之古代更為簡潔明確，大量運用四字成語，且多胎化自典故而來，可見題辭的發展與成語有密不可分的關係。

 題辭的種類

　　題辭的類別有不同的角度，不同的標準，通常從兩個角度進行：一

是形式角度，依其書寫的材質分類；二是內容角度，依其適用的場合分類。

（一）依題辭的形式而分

1. 幛軸類

以布帛題辭作為慶賀祭弔之禮叫做「幛」，若以紙料題辭，以圓木上下固定裱裝則叫做「軸」。此類題辭常用於婚喪喜慶的場合，以增添會場氣氛。用於喜事有喜幛、喜軸、壽幛、壽軸等；用於喪事則有輓幛、輓軸等；若不區分喜、喪事，則統稱為「禮幛」。

2. 匾額類

指題字於木板或紙板，高懸於門戶廳堂、園亭或書房上方的橫額。由於是懸掛於建築物的上端，類似於人的額頭，故稱為「匾額」。舉凡寺廟、宗祠、道觀、亭臺、牌坊、名勝古蹟，以及慶賀當選、商店開業、新居落成、高升、及第、懷德感恩等，常有致贈匾額的習俗。

3. 像贊類

指題寫在畫像（或照像）上的詩文。有自題和題他人像兩類。自題者，多係明志、自勵、自戒、自嘲的內容；為他人題像一般有頌揚、哀輓兩方面內容，包含紀念性集刊或訃聞遺像上，題於遺像上多為讚美亡者之行誼與道德，有的僅題「某某先生（或女士）之肖像」、「某某先生（或女士）之遺像」。

4. 簿冊類

指題在書畫冊、紀念冊上的文字。書畫冊多請擅長書法或詩文的才士題詞留念，常用於贈送結婚或舉辦書畫展覽等，以表祝賀，並供典藏；紀念冊則多請師友、學長姐和同學題字勉勵，通常用於祝賀畢業，以資留念。

5. 其他類

題辭的形式還可以舉出很多，如題獎盃、獎牌、錦旗、卡片、鏡屏、銀盾、花圈花籃、彩球、金牌、石刻、繪畫及瓷盤等不勝枚舉，均

可題辭製成紀念品、藝術品。

（二）依題辭的內容而分

不同的場合，必定會有不同的題辭內容，才能適切的傳情達意，依此大致可分為以下各類：

1. 喜慶類

人生喜事絕對值得慶賀，舉凡結婚嫁娶、生辰壽誕、生兒得女等，親朋好友之間總要以一定的形式表示祝賀之意，這慶祝祝頌之意，也常用題辭的形式表示。可分以下三類：

（1）婚嫁類　含訂婚、新婚、男婚、女嫁、再婚等。

（2）壽慶類　含男壽、女壽、雙壽、一般通用之祝壽賀辭等。

（3）誕育類　含生男、生女、雙生、得孫等。

2. 居室類

擁有溫暖的家是一個人一生的歸宿，也能維繫家庭成員的人倫關係。在不斷地努力下，有朝一日如能營造一個舒適合意的家園，固然是值得慶賀之事，舉凡新居落成、喬遷之喜、整建翻修等，親朋好友也必然獻上題辭以示慶祝。

3. 哀輓類

生死為人生大事，尤其對於辭世往生更為慎重，舉凡對親友、世交、師長、學生、同事、同袍等，一般都會題輓辭，以表哀悼。題辭的具體內容須依據喪者的信仰、身分、地位、功業德操及題辭者與喪者的關係、感情而定，題辭的形式須視禮儀的規格及放置場合而定。輓辭若依對象的不同，大概可分為輓男喪、輓女喪、輓青少年、輓青少女、輓師長、輓朋友、輓學者、輓軍人等。

4. 題贈類

題字祝賀多有勉勵、表揚及感謝之意，舉凡題贈畢業、入伍、運動會、著作出版、慶典、會議、住宅、園林、業師，以及聯吟、重陽敬

老、捐贈等社會活動的賀辭。

5. 競賽類

舉凡參加才藝如作文、書法、演講、繪畫、戲劇、歌舞等競賽，或各項運動如田徑、球類、游泳、射擊、單車、划龍舟、釣魚、登山等競賽，優勝的獎牌、獎盃和錦旗、錦標上必有適當的題辭。

6. 膺選類

祝賀選舉者高票當選，或履任、高升、榮調等，諸親友多會題辭於所贈牌匾或紀念品上以表祝賀之意，舉凡膺選元首、機關首長、民意代表，以及履任新職、職位調升等，也都會致贈適當的題辭。

7. 開業類

開業代表創業有成，舉凡公司行號、工廠、報社、書店、出版業、金融業、醫藥業、飯店、餐飲業、理髮店、眼鏡店、律師、會計師，以及其他各行各業之開業等，所致贈的題辭也必定與開業的行業有關。

8. 其他類

如任職屆期卸任、辭職、離職、退休、學成、考試上榜等，都有獻上題辭以表祝賀者。

三 題辭的寫作要領

題辭之作法包含取材適當、措詞典雅、音韻和諧、活用範例、熟悉行款等幾個部分。茲說明如下：

(一) 取材適當

題辭首先必須先認清對象其人其事，才能適當地取材，以撰寫切合對象及事由的題辭。就人而言，其輩分、性別、年齡、職業、為人、宗教信仰、意識形態、人我親疏等等都是需要仔細掌握的事項。就事而言，則必須就喜慶、誕育、開業、競賽、膺選、榮退、哀輓等人世間諸多事務中「就事論事」，明確為何事而題辭，進而萃取其事功，選取適

當的用語作為題辭，方稱允當。若於取用成語或典故有疑慮，則必須查閱相關資料或辭典，以免誤用而貽笑大方，有禮反而失禮。誤用題辭之例，如「英聲驚坐」應用於「生男」賀辭卻錯置於「生女」；「詩詠于歸」用於賀人嫁女，則不宜用於男方婚禮；「春滿北堂」專用於女壽，則不宜用於男壽；「慈竹風淒」用於題贈女喪，則不宜用於男喪；「杏壇之光」用於教育界卻錯置於醫界；「鴻圖大展」宜用於慶賀公司開業，若用「圓滿成功」則顯得不貼切；「福壽全歸」專指子孫昌盛之老年男喪，若用「壯志未酬」則顯得不恰當；「業紹陶朱」用於商家開業，若用於其他行業，則顯不倫。

（二）措詞典雅

題辭是一種高雅的文化交際活動，大多是在大庭廣眾之場合使用，甚或有將題辭高懸於大雅之堂者，所以除須了解其意涵，避免誤用外，措詞也自是以力求典雅，辭質意深為上。題辭是一種語言藝術，必須善用各種修辭技巧，貴含蓄雋永，不卑不亢，恰如其分，能讓人視之引起美感，吟之會心拍案，方屬上乘之作。不宜以新奇怪誕入辭，標新立異，造成鄙俚庸俗而惹人生厭，且貽笑方家。大抵而言，喜慶題辭貴「高雅雋永」、「趣而不謔」，不宜過度生僻或鄙俗，務期使贈者歡喜，受贈者榮耀。如結婚不宜用「男歡女愛」、賀人得子不宜用「愛的結晶」即是。哀輓題辭則注重莊重哀戚，亦避免過度生澀，方能彰顯德行，讓喪家滿意，死者榮顯。如政界輓辭用「峴首留碑」，深奧難懂，若用「忠勤足式」則較為貼切。另外，題辭時也必須了解詞有古今之異，如「尤物」一詞，古代原指絕色美人，惟今已略具貶意，所以用於選美比賽的題辭自當避免使用「天生尤物」一詞。

（三）音韻和諧

題辭不僅求內容雅正，書法優美，而且要求音韻和諧。題辭之音韻要求，類似對聯，要讓人讀之有抑揚頓挫、聲韻鏗鏘的感受。題辭除單用「囍」、「壽」、「奠」一字外，也有更多字數者，惟一般四言運用最多，為了避免四平或四仄，要求「平開仄含」（次字平聲，末字仄聲），

或「仄起平收」（次字仄聲，末字平聲），亦即在第二、四兩字能有音韻的變化，以避免同一聲調連續出現，而造成讀音上的不和諧。題辭的字與字之間，平仄聲韻協調的原則，基本與詩詞、對聯相同，即平仄聲韻有規律地交替出現。如「天下為公」（平仄仄平），「鵬程萬里」（平平仄仄），「為國育才」（仄平仄平），「曲徑通幽」（平仄平平），「壯志未酬」（仄仄仄平），即使不得已都用平聲韻或都用仄聲韻（內容決定），則字的聲調也須有些變化，如「任重道遠」（ㄨㄨㄨˇ）。只有如此，讀起來才能琅琅上口，具有音樂美的特質。惟仍有現行成語，其意已然定型，如「鳳凰于飛」（仄平平平）、「造福桑梓」（仄平平仄）等，雖不符音律要求，然應以貼近人事，傳情達意為首要。關於平仄，平聲通常為國語的第一、二聲，仄聲為國語的第三、四聲，但也有少數第一、二聲的自屬於古音的入聲，應歸入仄聲，入聲字的判斷應以閩南語讀之，其音通常較為短促，如福、服、德、竹、族、菊、淑、獨、讀、足、白、百、一、七、八、積、佛等，不勝枚舉，若想深入了解者，詩韻中的入聲字可供檢索。

（四）活用範例

　　自古至今題辭與時俱增，用途也越來越廣，現今彙集題辭的應用文書籍也不在少數，甚至可在網路上搜尋，極為便利。目前教育部國語推行委員會所編《國語辭典》，以及《成語辭典》附錄中的「常用題辭表」，諸多題辭均可參閱，惟須因人因事選用適當的題辭使用。但有時若因事出緊急，或不方便查閱相關資料，部分可以通用的題辭範例，則可常記在心加以活用，如「某某之光」的用語，用於表揚各行各業或公司團體，都有其適用性，例如「棒壇之光」、「記者之光」、「台電之光」、「技職之光」等皆是。其他像「功在某某」亦可通用於表揚，「某某超群」可通用於許多競賽之中，而「惠澤某某」、「惠我良多」則可通用於表揚或感謝。惟此多止於應酬，較無法讓受贈者感動，若時間充裕，仍應選用較為貼近受贈者的題辭，或自行撰寫較具創意的題辭，讓彼此間的情感聯繫更加緊密。

（五）熟悉行款

題辭的行款必須要熟悉，必須按約定俗成的款式正確書寫，方不至於失禮。題款分為正文、上款與下款三部分，茲分別說明如下：

1. 正文

所謂「正文」即指題辭本身，如「詩詠關雎」、「松柏長青」等語即是。正文的字形須大於其他行款字形，一般題於中央。若為橫式題辭，正文則由右而左橫書；若為直式題辭，正文則由上而下，由右而左直書，上下左右居中，惟正文首字必須頂格書寫。通常題匾額多為橫書，題條幅和其他類題辭則橫直不一，須視其應用場合而定。近年來因政府倡導公文書由左而右的橫寫方式，因此正文亦有以由左而右橫寫者。請參考本單元「題辭舉例」及「題款示例」。

2. 上款

依傳統寫法，上款位於正文右端自右上方往下直寫，但若正文採用由左而右的橫寫方式，則上款置於正文左上方往右橫寫。上款字形須較正文為小，通常是寫為何人何事而題辭。惟祝賀競賽優勝的上款，通常僅書寫競賽名稱。若是獻給寺廟的匾額，其上款則或有或無，有僅書寫年月。上款一般包括稱謂和禮事敬詞兩部分，其中稱謂的用法可參考書信撰寫的方式來書寫，禮事敬詞則接在稱謂之後，寫法依禮事種類的不同，而有不同用語，其常用者如下：

種　類	用語	適用場合或身分
婚　嫁	訂婚之喜、訂婚誌喜、文定之喜	賀訂婚用
	結婚之喜、結婚誌喜、結婚誌慶、嘉禮誌慶	賀結婚用
	于歸之喜	賀嫁女用
喜　慶	弄璋之喜、喜獲麟兒	賀生子用
	弄瓦之喜、喜獲掌珠	賀生女用
	○秩大慶、○秩晉○大慶	賀壽誕用
	○秩雙慶	賀人夫婦雙壽
	開張誌慶、開幕誌慶、開業誌慶	賀開張或開業用
	喬遷之喜	賀遷居用
	新廈落成誌慶	賀落成用
	榮退紀念	退休用

種　類	用語	適用場合或身分
喪　悼	靈鑒、靈右、靈座、鶴駕	喪悼通用
	靈幃	悼女喪用
	千古、冥鑒	悼男喪用（不適用基督、天主教徒）
	仙逝、仙遊、鸞馭、冥次	悼女喪用（不適用基督、天主教徒）
	生西	悼佛教徒用
	永生、安息	悼基督、天主教用
贈送著作	賜正、教正、誨正、斧正	對長輩用
	指正、雅正、惠正、郢正	對平輩用
	惠覽、惠閱	對晚輩用
贈紀念品	賜存	對長輩用
	惠存	對平輩用
	留念、存念、存玩（翫）	對晚輩用

3. 下款

　　依傳統寫法，下款位於正文左端自中間部分起往下直寫，但若正文採用由左而右的橫寫方式，則下款置於正文右下方中間部分起往右橫寫。下款字形亦較正文為小，通常寫何人何時題書，惟仍有題辭不寫下款者。下款內容一般包括自稱、署名與表敬詞三個部分，有時則在下款的左側，會再加上致贈的日期。其中自稱、署名的寫法，可依書信箋文中發信人自稱、署名的方式來書寫，但與書信不同的是，署名通常需要冠上姓氏。表敬詞則書寫於署名之下，其常用者如下：

種類	用語	用法
慶賀	敬賀、拜賀、謹賀、鞠躬	通用
	賀、祝賀	用於晚輩
	仝賀、全賀（「仝」通「同」字）	多人同時祝賀時使用
祝壽	恭祝、敬祝、謹祝、拜祝、敬頌、謹頌	通用
	祝	用於晚輩
	仝祝、全祝	多人同時祝賀時使用
題贈	敬題、敬贈、敬貽	通用
	題贈、持贈	用於晚輩
喪悼	叩輓、拜輓	悼長輩用
	敬輓、泣輓	悼平輩用
	題輓	悼晚輩用
	合十	悼佛教徒用

四 題辭舉例

（一）喜慶

1. 訂婚

文定吉祥　文定厥祥　白首成約　緣定三生　成家之始　良緣宿締
終身之盟　許訂終身　姻緣相配　善締鴛鴦　盟結良緣　誓約同心
締結良緣　鴛鴦璧合

2. 結婚

大道之始　才子佳人　心心相印　五世其昌　天作之合　夫唱婦隨
天緣巧合　永浴愛河　瓜瓞延綿　永結同心　白頭偕老　百年好合
百年偕老　百年琴瑟　如鼓琴瑟　同德同心　良緣永締　郎才女貌
治平初基　花好月圓　佳偶天成　花開並蒂　相敬如賓　美滿良緣
美滿家庭　相親相愛　秦晉之好　珠聯璧合　情投意合　乾坤定矣
琴瑟友之　琴瑟和鳴　詩詠好逑　詩詠關雎　福祿鴛鴦　鳳凰于飛
鴻案相莊　螽斯衍慶　鐘鼓樂之　鸞鳳和鳴

3. 出嫁

于歸協吉	之子于歸	天定良緣	桃夭及時	百吉御之	妙選東床
宜其家人	宜爾室家	桃灼呈祥	秦晉之好	祥徵鳳律	乘龍快婿
淑女于歸	雀屏妙選	詩詠于歸	蒂結同心	跨鳳乘龍	鳳卜協吉
鳳卜歸昌	摽梅迨吉	適擇佳婿	燕燕于飛		

4. 生子

天賜石麟	瓜瓞綿綿	玉種藍田	石麟呈彩	百子圖開	弄璋誌喜
長發其祥	芝蘭新茁	喜叶弄璋	喜得寧馨	啼試英聲	喜聽英聲
鳳毛濟美	熊夢徵祥	德門生輝	積善餘慶	螽斯協吉	蘭階吐秀
麟趾呈祥					

5. 生女

女界增輝	小鳳新聲	弄瓦徵祥	明珠入掌	華堂凝祥	喜比螽麟
綵帨增輝	綵鳳新雛	慶叶弄瓦	誕育千金	蘭心蕙質	

6. 雙生

玉樹聯芬	花萼欣榮	班聯玉筍	珠璧聯輝	棠棣聯輝	雙株競秀
璧合聯珠					

7. 祝壽通用

九如之頌	日月長明	天賜純嘏	松林歲月	松柏長青	奉觴上壽
南山獻頌	祝無量壽	海屋添壽	晉爵延齡	福如東海	壽比南山
壽城宏開	稱觴祝嘏	慶衍箕疇	慶衍萱疇	蓬島春風	鶴壽添壽

8. 男壽

天保九如	天賜遐齡	如日之升	松柏長青	河山同壽	東海之壽
南山並壽	南極星輝	耆英望重	海屋添壽	椿樹長青	齒德俱尊
椿庭日暖	松鶴延齡	瑞藹懸弧			

9. 女壽

王母長生	北堂萱茂	花燦金萱	春滿北堂	春滿瑤池	萱堂日永
萱花挺秀	萱庭集慶	眉壽顏堂	帨輝增華	婺宿騰輝	果獻蟠桃

福海壽山	慈竹長青	蟠桃獻頌	璇閣長春	彝德壽考	寶婺星輝
繡閣長春					

10. 雙壽

天上雙星	日年偕老	松柏同春	椿萱並茂	弧帨齊輝	桃開連理
極婺聯輝	華堂偕老	酒介齊眉	福祿雙星	雙星並輝	鴻案齊眉
鶴算同添	壽域同登	雙星朗照			

（二）哀輓

1. 老年男喪

斗山安仰	老成凋謝	南極星沉	跨鶴仙鄉	典型足式	梁木其壞
泰山其頹	福壽全歸	道範長存			

2. 中年男喪

人琴俱杳	反璞歸真	音容宛在	哲人其萎	德業長昭

3. 少年男喪

天不假年	英風宛在	修文赴召	壯志未酬	夏綠霜凋

4. 老年女喪

女宗安仰	母儀足式	萱萎北堂	慈竹風淒	駕返瑤池	懿德長昭
彤管流芳	萱堂露冷				

5. 中年女喪

彤管流芳	壼範猶存	淑德永昭	婺彩沉輝	彝範長流

6. 少年女喪

玉簫聲斷	鳳去樓空	蘭摧蕙折	曇花萎謝	繡閣花殘

7. 師長之喪

立雪神傷	木壞山頹	高山安仰	風冷杏壇	淑教流徽（女）
教澤長存	桃李興悲	馬帳空依	師表千古	

8. 友喪

人琴俱杳	心傷畏友	西窗無語	伊人宛在	話冷雞窗	響絕牙琴

痛失知音　寢門雪涕

（三）居室

1. 新居落成

玉筍呈祥	瓜瓞延祥	秀茁蘭芽	昌大門楣	美輪美奐	堂構更新
福蔭子孫	耕讀傳家	孫枝啟秀	飴座騰歡	鳳樓高梧	積善之家
蘭階添喜	雕樑畫棟	金玉滿堂	堂構增輝		

2. 遷居

出谷遷喬	金玉滿堂	良禽擇木	里仁為美	美輪美奐	堂開華廈
堂構更新	堂構增輝	孟母遺風	偉哉新居	新基鼎定	德必有鄰
華廈開新	福地傑人	源猷丕展	煥然一新	瑞靄華堂	鳳振高岡
鶯遷喬木	人傑地靈				

（四）開業

1. 商店

大展經綸	大展鴻圖	大業千秋	多財善賈	利用厚生	近悅遠來
業紹陶朱	陶朱媲美	貨財恆足	源遠流長	駿業日新	駿業宏興
駿業崇隆	萬商雲集	鴻猷大展			

2. 醫院、診所

方列千金	仁心仁術	仁心良術	仁術超群	杏林春暖	功同良相
良相身醫	活人濟世	扁鵲復生	華佗再世	華佗妙術	病人福音
著手成春	痌瘝在抱	術精岐黃	萬病回春	懸壺濟世	醫術精湛

3. 旅社、飯店

近悅遠來	高軒蒞止	群賢畢至	貴客盈門	賓至如歸

4. 工廠

大業永昌	工業之光	百工居肆	功奪造化	勞工神聖	開物成務

5. 書店

文光射斗　天地精華　名山事業　坐擁百城　斯文所賴　琳瑯滿目

6. 教育

化民成俗　化雨均霑　百年樹人　功宏化育　英才淵藪　洙泗高風

卓育菁莪　春風廣被　絃歌不輟　桃李芬芳　時雨春風　敷教明倫

濟濟多士　贊天地化

7. 其他

一時冠冕（帽店）　　四海一家（航運）　　平步青雲（鞋店）

金融樞紐（金融）　　食為民天（米店）　　保障人權（律師）

指示迷津（相士）　　毫釐不爽（會計師）　照徹乾坤（眼鏡行）

錦繡光華（綢布莊）　價值連城（珠寶行）

（五）畢業紀念冊

友誼永固　扶搖直上　術有專精　雲程發軔　盈科而進　學問初基

鶴鳴九皋　鵬程萬里　鵬搏九霄　更上層樓

（六）當選

民主之光　光大憲政　自治之光　宏揚法治　造福邦家　造福桑梓

桑梓之光　眾望所歸　憲政之光　德劭譽隆　為民喉舌　為民前鋒

為民造福　闡揚民法　輔政導民　讜論宏揚

（七）競賽

1. 體育

允文允武　我武維揚　技藝精湛　健身強國

2. 演講

立論精宏　宏揚真理　音正詞圓　詞嚴義正

3. 書法

　　秀麗超倫　　翰苑之光　　健筆凌雲　　龍飛鳳舞

4. 音樂

　　玉潤珠圓　　高山流水　　新鶯出谷　　繞梁韻永

5. 作文

　　妙筆生花　　含英咀華　　理暢辭清　　情文並茂

6. 舞蹈

　　賞心悅目　　舞姿曼妙　　舞藝超群　　飄逸生姿

7. 戲劇

　　人生借鏡　　技藝超群　　依仁游藝　　演技精湛

8. 射擊

　　一發中的　　百步穿楊　　百發百中　　得心應手

9. 游泳

　　水上英雄　　智者樂水　　俯仰自如　　矯首游龍

10. 釣魚

　　子牙逸興　　手展經綸　　釣技非凡　　魚我所欲

11. 單車

　　日行千里　　足轉乾坤　　奔逸絕塵　　馬到成功

12. 登山

　　仁者樂山　　直上青雲　　高山仰止　　登峰造極

（八）其他

1. 獻業師

　　永念師承　　永懷教澤　　杏壇之光　　芳騰桃李　　春風化雨　　春風廣被
　　啟迪有方　　教界典型　　誨人不倦　　循循善誘　　誨我諄諄　　經師人師
　　師表人倫　　師恩弗忘　　嘉惠學子

2. 履任升職

　才堪濟世　　布化宣勤　　英才得展　　其命維新　　壯志克伸　　初展鴻猷

　磐磐大材　　鵬程發軔　　鶯喜高遷　　鶯遷喬木　　龍門身價　　龍躍靈津

3. 考試上榜

　出類拔萃　　光耀門楣　　金榜題名　　更上層樓　　青雲直上　　前程似錦

4. 入伍

　保國衛民　　邦家之光　　青年楷模　　壯志凌霄　　精忠報國　　為國干城

　為國爭光

5. 退休

　（1）一般　　功澤深遠　　銘佩同深

　（2）各界　　功在杏（政、議、文、藝）壇

　　　　　　　功在杏林（醫界）　教澤綿延（教育界）

　　　　　　　袍澤情深（軍界）

　（3）地方　　造福桑梓　　福蔭桑梓

五　題款示例

（一）直式題辭

結婚

○○先生
○○小姐　結婚誌喜

佳偶天成

弟　黃○○　謹賀

生子

○○先生
○○小姐　弄璋之喜

百子圖開

友　洪○○　敬賀

男壽

○○吾師八秩嵩慶

八仙獻壽

學生　呂○○　拜賀

女壽

○母○太夫人七秩晉七萱慶

萱堂日永

晚　張○○　恭祝

新居落成

○○先生新廈落成紀念

美 輪 美 奐

弟
呂○○ 敬賀

喬遷

○○先生喬遷之喜

德 門 仁 里

友
林○○ 敬賀

輓男喪

○府○○老先生千古

歸 真 返 璞

呂○○ 敬輓

輓女喪

○母○太夫人靈悼

母 儀 足 式

晚
張○○ 叩輓

競賽優勝

○○○學年度創意徵文比賽第一名

含英咀華

校長 龔○○ 賀

畢業紀念冊

○○同學畢業紀念

更上層樓

同學 林○○ 敬贈

當選

○○先生榮膺第○○屆七美鄉長

造福鄉梓

立法委員 林○○ 敬賀

開業

七美漁村海鮮餐廳開幕誌慶

近悅遠來

澎湖縣七美鄉鄉長 呂○○ 敬賀

（二）橫式題辭

競賽

筆力萬鈞

第一名

○○○學年度書法比賽

高雄市市長 ○○○ 敬賀

校慶

陶鑄群英

○○大學○○週年校慶

誌喜

總統 ○○○ 敬賀

當選

眾望所歸

○○學長當選

○○大學校友會總會長

土木系校友　仝賀

輓男喪

哲人其萎

○○先生冥鑒

陳○○ 敬輓

輓女喪

○母○太夫人仙逝

昭永德懿

晚 王○○　拜輓

單元 9 ＼ 簡 報

金清海

一 何謂簡報

　　機關、學校、工商團體等，將其組織、設備、業務、產品、計畫等狀況，以精簡扼要的方式，對他人介紹的文書，稱之為「簡報」。簡報的構成要素，包含簡報發表者、簡報內容、簡報接受者三項。簡報是一種具有雙向性訊息傳播與溝通的管道，簡報發表者將「訊息需求」傳遞給接受者，並取得接受者的反應，以作為業務執行成效的回饋檢討。簡報的進行流程為：「簡報發表者」→「製作簡報內容」→「發表」→「簡報接受者」。透過發表者，把簡報內容傳遞出去，讓接受者得到發表者所欲表達的資訊。

二 為何要學習簡報

　　資訊爆炸時代，高效率的競爭力為職場上的必備能力。簡報的製作與發表，是就業的基本能力。一場完善的簡報，可以表現出發表者對於業務資料訊息的網羅蒐集、消化分析、組織重整與創意思維能力，也可以看到發表者的口語表達及反應機智能力。

三 簡報的種類

　　在現今注重行銷的時代，任何機關、學校、團體或工商業界，皆普遍以簡報作為溝通的方式，簡報的種類繁多，依其主題性質，可分別為下列六種：

（一）組織簡報

各單位對其組織結構、任務與功能之介紹。可以口頭、書面方式介紹，如為經常性介紹的單位，例如國家公園、博物館等單位，除了書面外，常以多媒體錄製方式介紹。

（二）業務簡報

對某一工作或某一業務的介紹，除了書面方式外，可加用簡報軟體等方式介紹。

（三）產品簡報

對某一新產品上市行銷的介紹，可採用精美書面及簡報軟體等方式介紹。

（四）特殊專題簡報

例如對某一設備的功能、性質簡介，或對某地區自然生態或人文景觀的環境簡報，可採用書面及簡報軟體等方式介紹。

（五）計畫簡報

如對某一建設工程、行銷企劃案或教學活動計畫等的介紹，可採用精美書面及簡報軟體等方式介紹。

（六）綜合簡報

綜合某一機關、學校、團體或工商業的組織、設備、業務、環境、產品、及未來發展計畫等均包含在內的介紹。例如成立籌備學校的綜合簡報，就必須包含設校目的、土地規畫、師資、設備、課程、招生、未來發展等項目的綜合簡報。可採用書面及簡報軟體等方式介紹。

四 簡報的方式

簡報依使用之工具、設備、環境狀況及出席人數多寡而決定不同之方式做介紹。約有下列幾種方式：

（一）口頭簡報

由各單位指派之簡報人員，以擬訂之書面大綱，稍加解說或補充的方式。優點是簡易方便，可現場溝通，缺點是容易流於單調乏味，若簡報人口才不佳，效果就不彰。

（二）書面簡報

將「簡報內容」，編印成小冊子的書面資料，分送給出席人員，自行參閱。必要時，簡報單位可做簡短大綱式補充說明。優點是出席人員可以隨時參閱，缺點是無法掌控出席者是否參閱。

（三）看板簡報

簡報者利用書寫在看板或紙板上的大綱、圖表，對出席者做口頭報告。優點是製作容易，缺點是細節較多的內容，無法簡報，且接受簡報人數受到限制。

（四）電化及數位多媒體簡報

從較早期的幻燈、投影簡報，到電影、電視及數位多媒體簡報。依簡報內容及設備而定。

1. 幻燈簡報

將簡報內容大綱、圖表、圖片製成幻燈片，可採配合口頭錄音說明，做同步播放的方式。用於需大量圖片的內容，最為適宜。優點是較生動，可前進後退配合說明重複密集使用，缺點是場地須有聲光設備及專人操作。

2. 投影簡報

將簡報之內容大綱、圖表製作投影片，利用投影機投射在螢幕上，由簡報者作口頭說明。優點是製作費用低，缺點是人數太多時不適用。

3.Power Point 簡報

利用投影及幻燈簡報原理，結合了電腦及聲光投影設備的連結

應用，製作而成的簡報，是目前使用最多的方式，已廣泛使用於各種簡報或教學的運用。

4. 電影、電視簡報

將簡報之內容拍攝成影片播放方式。其優點為生動活潑及易於更新，缺點是設備成本高。

5. 數位多媒體簡報

將文字、圖形、影像、聲音及視訊動畫等各種數位軟體結合的簡報，甚至可以做跨國的視訊簡報。優點是可呈現多采多姿及具有震撼性的視覺效果，缺點是須專業的播放設備、場地及高成本的經費。

五 如何製作簡報

簡報的製作，包括議題的訂定、資料蒐集分析整理、擬訂大綱及以Power Point 製作簡報內容。

（一）議題的訂定

須考慮簡報對象、簡報目的與訴求。例如以新產品行銷作為簡報之主要目的，簡報的對象就是客戶，於是新產品功能性之說明，與舊有產品之區隔創新、生產成本之降低、市場調查預售之評估等等要件，就成了簡報內容必須要明確敘述的重點。議題的訂定，必須掌握此一方向。

（二）資料的蒐集、分析與整理

例如班上康樂股長為辦理畢業旅行或戶外教學，可上網搜尋旅遊景點，依日數、經費概算、想去的重要景點、食宿、交通等做安排規劃，也可向多家旅行社索取代為規劃之行程。

（三）擬訂大綱，完成簡報內容

大綱的擬訂，必須建立在議題及蒐集的資訊基礎上，針對設定的議

題，將所有蒐集的資訊，做一統整，擬訂出精簡扼要的簡報。

（四）Power Point 製作

　　將完成的簡報，製作成 Power Point 檔，並從頭到尾仔細播放檢視至無誤無漏，確認每一個議題皆能完整地呈現。

六　製作簡報及擔任簡報人應注意事項

（一）內容不可過於冗長，否則接受者易不耐或沉睡。

（二）Power Point 製作內容，宜生動活潑有趣，充滿幽默，充分運用音效，注意色彩的調配或網頁的連結設計，勿流於資料的堆砌。

（三）簡報人要有自信心，開場可以逗趣、幽默方式介紹，儀態自然，口齒清晰，語調和悅。麥克風音量要事先調試。

七　簡報範例

範例（一）○○大學大一國文卓越教學計畫簡報

　　為讓大一的學生，了解國文教學的目標、課程內容、進行方式、成績評量等教學計畫，製作此一教學計畫簡報以達成教學成效。

　　　　　標題：○○大學大一國文卓越教學計畫簡報

一、目的

　　（一）多元方式教學，增強國文教學成效

　　（二）提升學生國語文應用能力

　　（三）培養閱讀良好習慣

二、計畫內容

　　（一）課程安排與教材內容

　　　　組課程小組編撰○○大學大一國文教材

（二）學習方式

　　1.辦理研習，組織讀書會，培養閱讀習慣

　　2.辦理創意徵文比賽，鼓勵創作

　　3.成立樂學園地，以小說改寫為創作練習

　　4.撰寫讀書報告，增強「摘要」、「書評」的能力

　　5.成立「線上題庫」，讓學生複習所學，並增強國語文能力

　　6.撰寫中文「讀寫護照」，上下學期各閱讀二本書以上並寫「短評」

（三）評量方式

　　1.期中考、期末考各占 30%

　　2.平常分數含各項學習作業占 30%

　　3.期中語文能力測驗占 10%

（四）編班方式

　　1.上學期依入學國文成績，併班分成 A 組（高分群）及 B 組（低分群）教學。

　　2.下學期依學生學習成績做適性調整。

三、結語

　　透過多元教學及多元學習，希望能培養學生多元智慧。期中考後，如有學習成效不佳者，另由老師指導及學長姐擔任小老師，施予補教教學，期能讓每位學生皆可精熟學習。

以 Power Point 簡報呈現

1.

○○大學大一國文
卓越教學計畫簡報

助理教授　金○○

2.

一、目的

（一）多元方式教學，增強國文教學成效

（二）提升學生國語文應用能力

（三）培養閱讀良好習慣

3.

二、計畫內容

（一）課程安排與教材內容

組課程小組編撰○○大學大一國文教材。

4.

二、計畫內容

（二）學習方式

1. 辦理研習，組織讀書會，培養閱讀習慣
2. 辦理創意徵文比賽，鼓勵創作
3. 成立樂學園地，以小說改寫為創作練習
4. 撰寫讀書報告，增強「摘要」、「書評」的能力
5. 成立「線上題庫」，讓學生複習所學，並增強國語文能力
6. 撰寫中文「讀寫護照」，上下學期各閱讀二本書以上並寫「短評」

5.

二、計畫內容

（三）評量方式

1. 期中考、期末考各占30%
2. 平常分數含各項學習作業占30%
3. 期中語文能力測驗占10%

6.

二、計畫內容

（四）編班方式

1. 上學期依入學國文成績，併班分成A組（高分群）及B組（低分群）教學。
2. 下學期依學生學習成績做適性調整。

7.

三、結語

透過多元教學及多元學習，希望能培養學生多元智慧。期中考後，如有學習成效不佳者，另由老師指導及學長姐擔任小老師，施予補救教學，期能讓每位學生皆可精熱學習。

範例（二）○○大學工管四甲畢業旅行簡報

畢業班康樂股長，準備籌劃四天三夜的畢業旅行簡報。

標題：○○大學工管四甲畢業旅行簡報

一、前言

　　讀萬卷書，仍需透過行萬里路的體驗來獲得相互映證。畢業旅行的目的，除了增廣見聞，增進友誼，也能培養班上團隊合作精神，訓練同學解決問題的能力，更可以拚經濟，增加就業機會。

二、行程安排

　　1. 第一天　學校出發→劍湖山→臺中科博館（夜宿臺中新民大飯店）
　　2. 第二天　→新竹六福村，小人國→臺北（夜宿劍潭青年活動中心）
　　3. 第三天　→故宮博物院→陽明山→花蓮（夜宿統帥大飯店）
　　4. 第四天　→太魯閣→知本溫泉→平安賦歸

三、費用概算

　　食宿、交通、門票及保險，計每人新臺幣參仟元整。（俗擱大碗）

四、廠商說明會及票選

　　邀請大熊、老鷹及雄獅三家旅行社做行程安排簡報，簡報後由全班同學票選。

五、結語

　　機會難得，一輩子只有一次，希望全班同學皆能參與。謝謝大家。

以 Power Point 簡報呈現

1.
2.

3.

二、行程安排
- 1.第一天 學校出發→劍湖山→臺中科博館（夜宿臺中新民大飯店）
- 2.第二天 →新竹六福村，小人國→臺北（夜宿劍潭青年活動中心）
- 3.第三天 →故宮博物院→陽明山→花蓮（夜宿統帥大飯店）
- 4.第四天 →太魯閣→知本溫泉→平安賦歸

4.

三、費用概算
食宿、交通、門票及保險，計每人新臺幣參仟元整。（俗擱大碗）

5.

四、廠商說明會及票選
邀請大熊、老鷹及雄獅三家旅行社做行程安排簡報，簡報後由全班同學票選。

6.

五、結語
機會難得，一輩子只有一次，希望全班同學皆能參與。

謝謝大家。

範例（三）簡報製作綱要

1.

簡 報 製 作 綱 要

製作人：○○○ 民國110年10月18日

一、何謂簡報
二、為何要學習簡報
三、簡報的基本元素
四、製作簡報的技巧
五、成功的簡報及簡報人

2.

一、何謂簡報
- 不論是教學、研究、學習、行政，經常需要以**精簡扼要**的方式，對他人介紹組織、業務、產品、計畫等狀況的文書，稱之為「簡報」。
- 有效的簡報必須具備**三功能**
  1. 對聽眾來說<u>有意義</u>
  2. 幫助聽眾<u>記住簡報裡的重點</u>
  3. 能說服聽眾<u>採取行動</u>

3.

二、為何要學習簡報
- 資訊爆炸時代，效率＝競爭力。
- 簡報是職場上最有效率的<u>溝通神器</u>。

三、簡報的基本元素
- 簡報三大主體：

發表者
簡報內容
接受者

- 簡報理想結構為：

開場白 (10%)
本體 (85%)/(80%)
結語 (5%)/(10%)

4.

四、簡報製作技巧

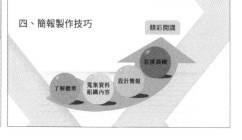

5.

◆ 成功簡報五步驟：

1. 了解聽眾／聽眾分析
2. 組織內容
3. 設計投影片
4. 彩排演練
5. 精彩開講

6.

◆ 步驟一、聽眾分析

1. 誰要您做簡報？
2. 向誰簡報？其決策風格為何？
3. 時間多長、場地如何？
4. 單獨簡報或是多人簡報之一？
5. 需要詳細說明或簡要介紹？
6. 偏重技術面／應用面、理論／實務？

7.

◆ 步驟一、聽眾分析

● 說服性簡報

2H
• How to do
• How much

● 資訊性/教育性簡報

5W
• Who
• What
• When
• Where
• Why

8.

◆ 步驟一、聽眾分析

9.

● 簡報時間

1. 15分鐘（真難！）
 • 準備10分鐘的內容
 • 鎖定2-3個重點
2. 30分鐘
 • 準備20分鐘的內容
 • 鎖定3-5個重點
3. 60分鐘
 • 準備50分鐘的內容
 • 鎖定4-6個重點

◆ 組織內容

● 簡報主題
● 簡報架構
● 簡報題材

10.

◆ 簡報題材

11.

◆ 簡報設計原則

KISS

Keep It Simple, Short (Stupid)

大綱：重要的觀念和關鍵字的關連性架構好

創意：以數據、圖表、動畫等視覺工具來輔助說明

12.

◆ 簡報設計原則

善用圖、表

• 圖勝於表，表勝於文
• 讓圖表自己說故事
• 圖表只須標題，勿再加上文字解釋圖表
• 重要資訊、要講的內容打在備忘稿

13.

◆ 簡化版面技巧
- 善用 PowerPoint 簡報設計範本
- 統一字型、色彩、版式
- 變換背景、色彩做強調
- 設計專屬範本每次套用即可
- 善用標題

> 數字會說話
> 文字有表情
> 畫面有故事

14.

◆ 彩排演練（做備忘、編講義）
彩排演練_1. 做備忘
- 時間控制
- Power Point 排練的功能
  投影片放映 > 排練計時
- 何時穿插笑話、故事、名言佳句
- 可刪修之投影片
- 待答問題之投影片

15.

彩排演練_2. 編講義
- 提供講義
  （1）演講是無形的服務，講義是有形的強化
  （2）增添趣味——填空設計、互動設計
  （3）檢視遺漏過時補強
- 發送時機（演講前、演講後）
- 清楚易讀——A4每頁二張為原則

16.

◆ 精彩開講
克服上台恐懼（練習、練習、再練習）
1. 聲音
- 音量、音速
- 口頭禪、閩歌語
2. 非語言溝通
- 目光接觸
- 臉部表情
- 手勢、姿勢
- 外表、穿著

· 謝謝指教！

17.

五、成功的簡報及簡報人

● 內 容 ⟶ 簡短 生動 切題 好懂

● 簡報人 ⟶ 信心 微笑 幽默 友善

八 結 語

　　一個好的簡報，是成功的開始。訂好議題，充分掌握資訊，經過歸納、分析統整後，製作成一份充實的簡報內容，加上報告人精彩的演出，不成功也難。但仍須注意簡報後回饋意見的蒐集，以供業務執行時修正參酌。

單元 10 ＼ 企劃書

王玉佩

一 企劃書的意義及重要性

「企劃」一詞於 1965 年即自日本引進臺灣，但當時並未受到重視；近年因為工商社會快速發展、企業競爭越趨激烈，企業面臨極大的衝擊，各行各業已開始普遍重視企劃的功能。

事實上，個人、團體與企業要想有效達成生活或工作上的目標，必須要有「謀定而後動」的智慧，要達成一項預設的目標，應先有周詳、完整而創新的計畫，然後根據此計畫去設計可行、可實現的企劃案，如此方能達成計畫目標。優質的企劃書可說是達成計畫的重要手段。

何謂「企劃」？簡言之，就是將有限資源做最有效的運用，並加上創意去擬訂可實現的方案，以達成某一計畫的目標或解決難題的過程。而將企劃的內容用文字書寫出來，便成了「企劃書」或稱「企劃案」。易言之，企劃書是擬訂能解決問題的戰略及對策的具體行動，是一本「解決問題的書」。

茲舉兩個例子說明企劃書對整體計畫的成敗具有關鍵性影響：

例一：近年各大學在老師、學生及課程方面，擬訂多項提升、強化計畫，各校依據各自擬訂的計畫，提出各項企劃案，以爭取「教育部獎勵各大學教學卓越計畫」的經費補助，例如某大學對「強化教師實務教學計畫」，提出「提升教師專業實務」、「加強與產業界之交流合作」與「推動研發成果技術移轉」等企劃案；若這些企劃案都能成功執行，那麼「強化教師實務計畫」便可達成。

例二：某團體欲舉辦一次全臺自行車環島旅行，為了順利達成計畫目標，承辦人提出活動企劃書，將活動日期、活動經費、參加人數、何時出發、何地休息、何處用餐、何時結束、預期效益等鉅細靡遺納入企

劃書，然後呈報上級核定後確實執行，最後終於順利完成一次成功的自行車環島活動，也達到了活動預期的目標。

　　就企業而言，優質的企劃案不但可作為高階決策判斷的依據，還有助於面對同業的競爭壓力、因應日益複雜的經營環境，故現今許多機關、團體、企業，舉辦活動需要有活動企劃案，行銷商品需要行銷企劃書，其他還有許多，諸如：開發企劃書、廣告企劃書、產品推廣企劃書等各式各樣的企劃書；而企劃書的優劣，除了決定企業經營的成敗，也決定個人職場的升遷，因此培養撰寫卓越企劃書的能力，已成為目前個人在職場上重要的課題之一。

企劃書的種類與基本內容

（一）企劃書的種類

　　一個組織或企業，只要存在一天，就少不了企劃活動，而各行各業因性質不同，其企劃書的種類也是五花八門，其範圍大到國家、政府機構、企業團體，小至個人，各式各樣的企劃書不一而足。

　　企劃書種類繁多，若依內外性質來分類，可分為內部企劃書與對外企劃書。前者如企業提升員工工作效率企劃書，後者如政府為某項業務活動對外公開徵求的活動企劃書。企劃書也可依層級區分，如企業「策略企劃書」與「戰術企劃書」，前者又稱為「戰略企劃書」，一般是指企業、組織高階主管對企業組織整體營運或重大事項所提出的企劃書，如大型資金募集計畫、轉投資計畫；至於戰術企劃書則是針對個別部門日常營運的企劃，其所提的企劃書規模較策略企劃書為小，執行時間也較短，一般需有立竿見影的效果。而營利與非營利事業也因其經營目的不同，所需要的企劃書也多有不同，非營利機構較常見各種活動企劃書，而營利企業的企劃書則因各部門功能不同歸納約有下列幾大類，也就是：一般管理企劃案、業務企劃案、財務企劃案、行銷企劃案、人力資源企劃案、生產企劃案、資訊企劃案、研發企劃案與投資企劃案等

等，而以上各部門的企劃案又包含許許多多不同細目的企劃案；其中最常見的企劃案，除了一般活動企劃案外，還有促銷活動企劃案、廣告企劃案、新產品開發企劃案、員工訓練企劃案、提升績效企劃案、業務人員培訓企劃案、推銷員訓練企劃案、公共關係企劃案、年度經營企劃案等，一般以業務企劃案及行銷企劃案最多。

（二）企劃書的結構與內容

企劃書因企劃性質、對象、目標不同，內容結構也多有差異，故無所謂的標準範本。一般而言，企劃書的構成包含 5W、2H、1E：

5W：What（什麼）：企劃目的與內容是什麼

　　　Who（誰）：企劃的相關成員及訴求對象是誰

　　　Where（何處）：企劃預定實施的場地

　　　When（何時）：企劃案何時執行

　　　Why（為何）：企劃案的緣由與願景

2H ：How（如何）：企劃執行的方法與策略

　　　How much（多少）：企劃案執行的預算

1E ：Evaluation（效益評估）：企劃實施後可能產生的效益

而一份完整的企劃書，至少應包括下列部分：

1. 封面

　　包含企劃書的主題名稱、提案單位或部門、撰寫人姓名、提案（或撰寫）日期，其中主題名稱應具體清楚。

2. 目錄

　　包含本企劃案的各章節或大綱、頁次清楚條列，目錄頁的設計在使閱讀者能快速掌握企劃案的內容與方向。

3. 摘要

　　企劃書若是規模大、頁數多，可在目錄之後提綱挈領書寫一至兩頁的摘要，將企劃案內容精簡敘述，使閱讀者在極短時間內即能

了解企劃案的內容重點。

4. 企劃目標

必須具體而明確，例如以「高雄市警察局○○○年度冬令（10月至12月）防竊盜企劃案」為例，其「企劃目標」為比去年同期減少15%的竊盜案。目標必須數據化，不可含糊。

5. 問題分析

在撰寫本文前，先對欲探討的問題進行分析，如與企劃案相關的環境分析、組織分析、競爭對手分析、問題的關鍵點所在、機會點、創意來源、當前重大問題及其他必要分析。

6. 具體作法

這是企劃書最主要的部分，內容包括下列項目：

（1）企劃緣起

也就是撰寫本企劃案的背景原因及目的，使閱讀者了解企劃案為何而來、有何重要性。

（2）推動方案

包括採取何策略、戰術、相關具體作法、困難的克服等。

（3）時程表

各項工作項目的具體時間進度、執行順序。

（4）預算表

執行本案的經費預算、收支成本、資金來源等。

（5）工作分配表

包括工作組織、工作任務人力分配及工作流程表。

（6）執行方案

可視工作複雜程度提出一個合適的可行方案，或是其他替代方案，以供決策者或團隊成員參考討論及選擇。

（7）效益評估

　　　　具體預估企劃案執行後產生的效益，需與原先企劃目標及預算相比較，一個好的企劃案效果應是可預測的。

（8）附錄

　　　　包括結語及相關證明文件、補充資料等，此外，為表示企劃者負責的態度，也可列出參考文獻資料，以增企劃案的可信度；同時為使企劃案順利推展，如有其他重要注意事項也應提出。

三　擬訂企劃書的步驟

　　稱職的企劃人員，一定要了解擬訂企劃書的步驟，如此才能撰寫出優質的企劃書；而分析企劃書的撰寫步驟，大致歸納約有下列幾項：

（一）界定主題

　　企劃書的擬訂，通常是針對特定的對象進行訴求或宣傳，以期達成企劃目的。故而，企劃人員在撰寫企劃書時，首先必須界定明確的企劃主題，然後根據主題設計各種方案，如此方能吸引目標對象的注意並滿足目標對象的需求，達成企劃案的預期目的。

（二）資料的蒐集、整理與運用

　　在正式進入企劃書的撰寫前，企劃人員應充分蒐集相關資訊。企劃人員可透過充分的現場觀察，實際了解各方面的狀況，並與相關人員多做接觸，主動請教、聽取他們的想法，了解他們的期待、不滿或困難；此外，可透過報章、雜誌、書籍、內部資料、政府出版品、統計資料、現成的調查報告等途徑，取得過去的實例經驗或其他機關團體、企業的做法；如現成資料仍不足，可進一步做市場調查，直接向相關人士取得第一手資料。

（三）設定企劃目標

此步驟是正式進入實際企劃工作。主要透過企劃「目標值」以凸顯企劃的構想、品質與目的。一般而言，「目標值」應盡可能「數據化」，例如：「預定吸引十萬市民參與活動」、「營業成本比上月降低百分之十，推銷成本比去年同期降百分之十五」等；目標值的設定雖有一定程度的挑戰性，但必須要注意「合理性」，否則將流於浮而不實。此外，也要注意企劃目標不可貪多，目標之間不可互相矛盾，若有兩個目標，應排定優先順序。

（四）產生創意與可行方案

創意是指企劃人員想出的新而好的「點子」（構想），是企劃書必備的元素，也是企劃書的靈魂，企劃案成敗的關鍵。但創意並非完全個人與生俱來，而是可以後天培養的；深入現有的情報資訊與知識，從中找出新構想，將蒐集到的舊有情報加以改造加工或重新組合，也可成為具有創意的好點子，從實務面看，許多「新瓶舊酒」的企劃案，仍不失是具有新鮮感又省工的做法。

企劃除了創意之外，「可實現性」更是重要。一般的企劃案都會受到包括時間、人力、物力等條件的資源限制，因此，企劃案即使再有創意，如果忽略了資源的有限、經費的不足及其他條件的配合（例如高階主管的信任、其他部門的認同），都可能半途叫停，甚至無法推動，故而提出的方案必須具有一定的「可實現性」，如此方不致白費功夫。同時為免企劃案前功盡棄，企劃人員也可從不同角度提出一或二個替代方案，以供決策者選擇。

（五）跨部門（小組）討論修正

企劃人員在完成企劃書初稿時，應提送跨部門或跨小組討論，經由多方面的溝通與協調，以期集思廣益並爭取財會及其他部門的支持，如此，企劃案方具有高度的「可實現性」。

（六）正式提案

企劃人員經過千辛萬苦完成企劃書後，即可透過程序向決策者或評審單位提案，如果未獲採納，所有心血便告白費，徒然浪費資源，故正式提案前必須做好萬全準備。

首先，可模擬問答，預設決策者或評審委員可能提出的問題及回應內容，其次，可事前與上級或評審委員溝通，了解上級或評審委員的意見，以作為修改企劃書的參考依據。第三，提案簡報時，態度應從容誠懇、語氣肯定，對於批評或反對意見不可正面反駁，要沉著應對、委婉說明。最後，提案簡報內容要圖文並茂、提綱挈領、言簡意賅，借助多媒體簡報系統等工具，以清晰有力的簡報，說服上級或評審委員。

（七）執行及檢討

企劃案通過評選作業後，即應依照企劃時程開始執行，在執行過程如發現問題，應立即進行分析、調整，產生新對策。

執行完成後，必須做成果檢討，了解是否達到企劃目標、預算是否精準、有否按照既定進度、各部門配合是否良好、創意是否可行、資訊是否正確等等，總之，要追究結果與預期落差的原因所在，記取成功的經驗與失敗的教訓，以作為下次擬訂新企劃書的參考。

四 活動企劃書範例

各行各業因組織形態或專業領域不同，所擬訂的企劃書架構與內容也各不相同，茲舉以下幾種性質各異的活動企劃書以供參考。所舉實例中，為節省篇幅，部分僅列大綱項目。

範例（一）

○○○○年波麗士先生、小姐選拔活動　企劃書

活動緣起：（舉辦本活動的動機）

活動目的：（本活動預期達到的目的）

指導單位：

主辦單位：

協辦單位：

承辦單位：

活動時間：

活動地點：

參加人員：（本活動預定吸引參與的對象）

活動內容：

活動流程：

經費預算：

預期效益：

補充資料：

範例（二）

○○大學「大家唱」卡拉OK比賽　企劃書

活動目的：提倡正當休閒活動，淨化社會風氣，促進師生交流互動，並提供師生抒發壓力之機會。

指導單位：學生事務處

主辦單位：課外活動組

承辦單位：學生代表聯合會、畢業生聯合會

比賽時間：民國○○○年○月○日（星期○）15:00 ～ 19:00

比賽地點：學生活動中心 3 樓會議廳

參加對象：全校師生

經費預算：

項目	金額	備註
會場布置	10,000	
音響租借	20,000	
宣傳費用	5,000	海報、布條
獎盃	5,000	10 座
獎狀	3,000	20 張
行政費用	10,000	邀請函、工作證、照片沖洗
雜支	3,000	工作人員便當、飲水
總計	56,000	

活動流程：

　　14:30　社團表演熱場

　　15:00　比賽開始

　　19:00　比賽結束、頒獎

　　19:10　整理場地

工作分配：

　　召集人——活動策劃、督導及統籌

　　總　監——活動執行、流程控管

　　協　調——協助總監執行與各項事務之協調

　　行　政——所有行政及雜務之處理

　　活　動——活動當日之流程控管及比賽選手之管理

　　宣　傳——活動海報、布條設計與製作

　　財　務——活動預算編列與經費支出

預期效益：提供正當的休閒娛樂，俾使老師教學與同學學習的壓力獲致紓解，並透過本歌唱比賽，增進師生互動與情誼。

範例（三）

高雄市「港都鈴竹季」企劃書

指導單位：高雄市政府
主辦單位：高雄市苓雅區公所
承辦單位：○○公關行銷股份有限公司
協辦單位：高雄市文化創意產業協會

目錄

一、前言

　　自週休二日實施以來，國人普遍重視休閒生活，對於大型活動的注意與參與度也比以往提高許多，為因應國內觀光休閒風氣的盛行與地方整體經濟效益的提升，全臺各地近年來已陸續出現許多以當地特色文化或物產所發展出的慶典節日，例：宜蘭綠色博覽會、高雄縣內門宋江陣、墾丁風鈴季……等。

　　「港都鈴竹季」活動，將著重於苓雅區歷史沿革與文化內涵的表現，以深度與廣度見長，使民眾得以深入了解居住地的歷史背景，對於傳承地方文化、發揚傳統技藝有正面且直接的效益存在，且能夠獲得民眾對這片土地的關懷與認同。另外，透過系列活動的具體呈現，希望帶動地方觀光產業與商機，最終以提升活動的精神層面、豐富教學與藝術價值為目的，使

前來共襄盛舉的民眾深刻感受到活動的深遠意義與價值。

二、活動緣起

苓雅區是苓雅寮、過田仔、五塊厝、林德官四個舊部落所組成。林德官介於過田仔與五塊厝之間，其地名的淵源，就《高雄市誌》記載，其志云：「原為林姓所墾殖卜居之地，故名」；但據鳳山縣新舊志及采訪冊，因本地原為竹林區而得此命名，舊稱「林竹竿」。後依諧音取名為「林德官」。

隨著時代變遷，苓雅區的區域面貌已由於都市道路開發計畫而改變，「林德官」自從師範大學及中正文化中心設立後，也由農村形態轉變成為大樓林立的藝文區與高級住宅區，昔日的大片竹林已不復見。為具體展現苓雅區與竹的特殊關聯性，並讓市民深入了解苓雅區的發展沿革，因而萌生本次的「港都鈴竹季」活動，以竹為主題，又本次活動所在地為苓雅區，因此活動第二主題融入「扯鈴」，即取自「苓」的諧音而成。讓民眾重溫兒時記憶，也增加活動內容的豐富性，達到加分的效果。

三、活動目的

（一）藉由活動文史介紹，讓民眾深入了解苓雅區的發展沿革與施政規劃理念。

（二）提升高雄市藝文素質，創造苓雅商圈良好形象。

（三）建立與市民的互動管道，增加活動參與人數。

四、目標對象

（一）高雄市市民

以高雄市全體市民為對象。希望深化民眾對自己居住地的認識進而產生關懷之心。

（二）鄰近縣市市民

以活動主題的強度吸引鄰近縣市民眾的參與，例：屏東、臺南。藉由外縣市民眾的參與，感受到苓雅商圈的優質環境，提升苓雅區在全國的知名度。

（三）企業商家

商業效益為此次活動的附加價值效果，若藉此活動方式與內容，亦可以提高不同產業與異業結合的效果。

五、預估效益

（一）形象塑造

形象塑造為本活動積極達成的首要目標。藉由類似的主題性活動，讓

市民在輕鬆休閒的氣氛下了解苓雅區的發展沿革及市政成果、規劃理念；並利用媒體宣傳報導，大幅提升苓雅區在全國的知名度及塑造本區為高雄市文化薈萃的代表區形象。

（二）附加價值

透過活動人潮帶動現場與周邊商圈買氣，創造活動經濟效益。

六、活動日期／地點

○○.○.○（五）～○○.○.○（六）
高雄市中正文化中心圓形廣場

七、活動內容

（一）總體視覺營造：竹城裝置藝術

為塑造與活動主題相襯的氣氛場景，現場將架起各式以竹為基材的裝置藝術建築，分布在中正文化中心東西向側門及中央圓形廣場，以不同的造型豐富視覺享受，讓民眾踏進活動現場便彷若置身在一座現代的竹城社區。

◆竹城門：以文化中心圓形廣場為搭建點，以牌樓式建築作為本活動總體視覺標的。

◆鈴竹城：以文化中心東、西兩側門為搭建點，並使用竹子為基材，重點特色在於竹城牆與竹製舞臺，部分區域將加裝風鈴，隨風作響，更添幽幽古城之意境。

◆童軍竹城門：邀請童軍團於活動廣場搭設專業童軍城門。

◆竹屋：以竹子為素材所搭建，室內含竹桌、竹椅、竹燈……等竹製家用品，仿若一間真實的房屋，供民眾入內參觀、拍照。

（二）竹城點燈照福晚會

舞臺中央以竹竿交錯堆疊成一柱狀支架，支架上方放置竹簍燈球，由貴賓手持竹竿燈，一同指向竹簍燈球，此時舞臺配合煙霧施放與紙花散落之視覺特效、竹竿舞舞者擺動手腳環之鈴鐺，就在聲光特效與眾所期待的歡呼聲中，竹簍燈球與全場的竹城門、鈴竹城、竹屋相繼亮燈，完成點燈儀式。透過點燈儀式，象徵○○○○年鈴竹季活動正式開始。

（三）活動主題：吃喝玩樂皆滿竹

1.吃

（1）千人林竹糕

本活動以競賽方式進行，分為初賽、決賽二階段。

初賽：參賽者製作特色糕餅，由高雄市糕餅公會或廚師公會擔任評

　　　　審工作，挑選前三名進入決賽。

　　決賽：每位參賽者各製作出一千人份的林竹糕，由一千位參加活動
　　　　民眾，於現場品嚐後票選最佳的林竹糕作品。優勝者需提供
　　　　相關食材與製作方式，日後將發展成為高雄市的特色糕餅，
　　　　同：旗鼓餅。前三名並將分別頒給獎金，以示獎勵。

（2）滿竹全席

　　　　由飯店師傅烹調竹子的特色料理。如：竹筒飯、竹筒湯、竹筍
系列餐點，供民眾免費品嚐。

2. 喝

（1）竹棚下泡茶

　　　　主辦單位提供免費茶水、桌椅，供民眾休憩品茗，回味古早農
村時代在竹棚下泡茶的悠閒樂趣。

（2）可樂免費飲

　　　　尋求飲料業者贊助飲料，提供民眾免費暢飲。

3. 玩

（1）千人竹竿舞

　　　　本次活動的重頭表演之一。將募集一千名苓雅區各國小學生於
同一時間一起跳竹竿舞，當天將邀請金氏世界紀錄標準評定之工作
人員到場擔任評定工作，預期可創同一時間內最多人跳竹竿舞的世
界紀錄。

（2）大家一起來玩竹

　　　　設計一系列與竹有關的趣味活動，達到與民互動同樂的目的。
例：竹子踩高蹺、持竿大賽、剝竹筍……等。

4. 樂

（1）竹林七賢文化藝廊

　　　　以圖文陳述苓雅區發展沿革與竹林七賢歷史故事，同時回顧過
去、了解現在、展望未來的施政規劃理念，讓市民清楚而且深刻地
了解苓雅區的文史點滴及市政發展。另將邀請高師大歌仔戲社參與
文化戲劇的表演，所有成員以傳統「竹林七賢」古裝扮相，分別吟
唱歌仔戲與現代歌曲，表演結束後將轉往竹棚泡茶區與民一起沏茶
同樂。

（2）許願祈福竹鈴牆

　　　　主辦單位提供限量竹片，民眾可將願望寫在竹片上，再以繩子
將竹片成串懸掛，竹片與竹片因風吹相互拍打產生輕脆聲響，象徵

　　以竹為證，祝福每一位市民美夢成真，並有平安祈福之意。而座落在活動廣場的許願牆也將成為現場最佳裝置藝術品。

（3）超激竹竿舞

　　邀請流行街舞或原住民團體創作結合流行舞蹈與傳統竹竿舞的表演，以新潮動感的舞步為竹竿舞詮釋另一種面貌。

（4）竹笛樂聲響雲天

　　邀請難得一見的竹笛樂團吹奏一首首優美動人的曲子，透過竹笛清脆響亮的音質，讓參與民眾宛如置身在竹林之中。

（5）扯鈴表演

　　邀請全國知名專業扯鈴團體、社團表演。

（6）林德官報喜

　　製作討喜可愛之仿古布偶「林德官」，作為活動代言人並與民眾互動。

八、活動流程

活動主題	時間	內容
竹城點燈照福晚會 ○○.○.○ （五）	19:00～19:10	開場（竹笛隊表演）
	19:10～19:15	主持人開場
	19:15～19:25	長官致詞（主協辦單位、贊助單位）
	19:25～19:35	○○○○鈴竹季開幕點燈儀式：由市長、議長、副市長、民政局長、區長與竹林七賢共同點燈
	19:35～19:40	由市長、主協辦單位等等貴賓共同為超激竹竿舞開舞
	19:40～19:50	超激竹竿舞表演
	19:50～20:00	扯鈴表演
	20:00～20:30	竹林七賢歌仔戲劇演出
	20:30～21:00	貴賓參觀各城門、竹屋，並與民眾互動、民眾下場試跳竹竿舞
	21:00	結束

活動主題	時間	內容
正式活動 （千人林竹糕 vs. 千人竹竿舞） ○○.○.○ （六）	10:00 ～ 10:30	林竹糕試吃民眾就定位、工作人員就定位、主協辦單位、贊助單位、貴賓入場
	10:30 ～ 10:40	主持人開場、介紹活動內容
	10:40 ～ 10:50	長官致詞（主協辦單位、贊助單位）
	10:50 ～ 11:30	千人林竹糕決賽試吃、票選、公布優勝者、頒獎
	11:30 ～ 14:00	滿竹全席
	14:00 ～ 16:30	千人竹竿舞彩排
	17:00 ～ 17:20	千人竹竿舞正式開始
	10:00 ～ 21:00	大家一起來玩竹（兒童闖關）
		許願祈福竹鈴牆
		文化藝廊、竹藝品展售會
		竹棚下泡茶
	21:00	結束

九、宣傳計畫

（一）記者會

日期：○○.○.○（三）下午 4 時地點：中正文化中心亞都咖啡

說明：宣傳此項活動主題「鈴竹季」與活動內容、頒獎予林竹糕 Logo 得獎者與介紹活動代言人「林德官」。

（二）電臺宣傳

日期：○○.○.○（一）至○○.○.○（四），共 11 天

說明：特別規劃一系列與活動主題關係密切的活動，藉節目宣傳帶動活動參與人潮。包括「心滿意竹」叩應（聽眾打電話進電臺說出心願，將贈開運竹一份，於活動現場領取）、林竹糕 Logo 徵選等，以帶動活動之熱度。

（三）電視廣告

日期：○○.○.○（二）起

說明：於港都有線電視與慶聯有線電視之打狗頻道以跑馬燈宣傳本項活動，以吸引全體市民參與。而本項活動結束後，並將擇日於該頻道錄影播出。

（四）海報與布旗

日期：○○.○.○（二）起

地點：海報於各機關學校、社團、里辦公處張貼，相思燈旗於中正文

化中心周邊道路與本區重要商圈懸掛。

十、活動預算

經費概算表（單位／元）

主項目	項目	內容	單位	數量	單價	小計	備註
暖身活動	記者會	主持人	位	1	6,000	6,000	
		音響	式	1	6,000	6,000	
		會場布置與餐飲	式	1	30,000	30,000	
		林德官製作與表演	式	1	50,000	50,000	
		竹製品表演（1人）	式	1	8,000	8,000	含材料費
		林竹糕 Logo 視覺物製作	式	2	2,500	5,000	
		獎金（林竹糕 Logo 甄選）	份	1	10,000	10,000	第一名
		獎金（林竹糕 Logo 甄選）	份	1	8,000	8,000	第二名
		獎金（林竹糕 Logo 甄選）	份	1	5,000	5,000	第三名
		記者紀念品	份	40	300	12,000	
		獎座	份	3	1,000	3,000	
	小計					**143,000**	
正式活動	活動支出	主持人	位	4	6,000	24,000	
		點燈儀式聲光特效、道具	式	1	5,000	5,000	
		超激竹竿舞	組	3	15,000	45,000	
		千人竹竿舞材料費	支	500	120	60,000	
		祈福竹鈴牆材料費	份	1,000	40	40,000	
		竹棚下泡茶（搭建與茶資）	式	1	30,000	30,000	
		文化走廊（含竹林七賢）	式	1	55,000	55,000	
		園遊攤位（含桌椅帳篷）	攤	30	1,000	30,000	
		林竹糕研發費用	式	1	30,000	30,000	
		千人林竹糕試吃品費用	份	1,000	30	30,000	每份三種
		竹子特色餐費用	份	1,000	80	80,000	
		扯鈴表演	團	1	10,000	10,000	
		竹笛隊表演	團	1	10,000	10,000	
	小計					**449,000**	

主項目	項目	內容	單位	數量	單價	小計	備註
正式活動	硬體設備	竹城門（含施工、設計費）	式	1	100,000	100,000	
		鈴竹城門（含施工、設計費）	式	2	50,000	100,000	
		童軍竹城門（含施工、設計費）	式	1	30,000	30,000	
		風鈴	串		20,000	20,000	
		林竹屋（含裝潢）	座	1	90,000	90,000	
		燈光（連續 3 日）	式	1	15,000	15,000	
		音響	式	1	40,000	40,000	
		舞臺 4824 尺	式	1	60,000	60,000	
		背板 4824 尺	式	1	30,000	30,000	
		Truss 4824 尺	式	1	30,000	30,000	
	小計					**515,000**	
	媒體	有線電視（含錄影）	式	1	100,000	100,000	
		電臺（含開運竹訂製費）	式	1	20,000	20,000	
	小計					**120,000**	
	文宣品設計	設計費	式	1	60,000	60,000	
	小計					**60,000**	
	文宣品製作	相思燈旗	組	150	400	60,000	
		活動海報	張	200	45	9,000	
		桃太郎旗	組	100	350	35,000	含旗座
		邀請函	份	200	20	4,000	
		報名表	份	2,000	1	2,000	
		活動傳單	份	20,000	2	40,000	
		T 恤（千人竹竿舞穿）	件	1,500	90	135,000	
	小計					**285,000**	
	雜項	工讀生	人	100	500	50,000	
		保險費	式	1	15,000	15,000	
		闖關護照	份	5,000	20	10,000	
		闖關贈品	份	600	50	30,000	
		評審費	人	5	2,000	10,000	
		企劃執行（含營業稅）				250,000	
	小計					**365,000**	
	總計					**1,937,000**	

單元 11　契約與存證信函

陳龍騰

一　契約之理論與實務

契約是現代人生活的一部分，舉凡一切食、衣、住、行、育、樂等六大需要無一不包括在內。就以學生為例：每天可能都會前往附近超市或便利商店購買食物，便屬買賣契約；在學校附近向屋主租房子居住，便屬租賃契約；放假去聽音樂會或看場電影，便屬承攬契約；另每天搭乘公車上下學，便屬運送契約；至於班上班遊或畢業旅行，便屬旅遊契約；還有利用網際網路訂購商品，便屬電子契約……。由是可見，契約可說是我們每一個人日常生活中最基本、最重要的法律行為，吾人除應將契約法相關之基本概念視為不可缺少的常識外，更應深入了解契約法的原理、原則，以保障自己最大之權益。

（一）契約的意義

我國《民法》〈債編通論〉規定，債之發生原因有：契約、代理權之授與、無因管理、不當得利及侵權行為等五種；其中又以「契約」為首，而有關「債之效力」問題，實乃契約之最重要部分。一般而言，契約有廣義與狹義之分，前者指一切以發生私法上關係為目的之意思合致的行為，如債權契約、物權契約及身分契約等均屬之；後者則專指以發生債之關係為目的的債權契約。簡言之，所謂契約係指兩個或兩個以上當事人，基於要約與承諾而互為合意之意思表示，進而產生私法上法律效果的一種法律行為。一般而言，有關私法契約的爭議由普通法院管轄；至於有關公法契約的爭議則由行政法院管轄之。

（二）契約之原則及其限制

契約，乃當事人為規範相互間之身分或財產關係，所做成之一致的意思表示。訂婚、結婚、兩願離婚、收養等，乃身分契約；買賣、租

賃、借貸、保證等，為財產契約。在不違反強行法規及公序良俗之前提下，當事人得自由約定其契約之內容，是為契約自由原則。

　　契約自由係《民法》的重要原則，具有促成社會生活與市場交易活動的功能。但契約自由原則在現代社會，經常被濫用。經濟上、法律上或資訊上之強者，常藉契約自由之名，而行侵害相對人正當利益之實。銀行、保險公司、商品製造商、旅遊公司等，以定型化契約條款侵害消費者的權益，即為常見之例子。就此，有賴法院在個案審判上，作成公平之判決，以保護相對人，並維護正義。例如，預售屋建設公司一方面以廣告宣稱其房屋具有某些重要功能，且其聘僱之銷售人員又對消費者做出特定之承諾，另一方面卻在雙方正式簽署之定型化契約書中規定：「甲方（即消費者）同意完全按本書面買賣契約書所載為依據，不受其他任何口頭陳述或供參考之說明、廣告、圖片、資料等影響。後者如與前者有所牴觸或差異時，仍以雙方簽訂之買賣契約為準。」對於上開定型化條款，最高法院曾判決認為：「如建商利用契約條款排除其所提供之房屋資訊，自顯失公平，應認無效。」[1]（最高法院 88 年臺上字第 1892 號判決意旨參照）

　　又如，銀行之信用卡定型化契約條款規定：「持卡人遺失或被竊信用卡者，應承擔掛失前二十四小時以前遭冒用之損失，掛失前二十四小時以後遭冒用之損失，始由銀行負責。」最高法院判決認為，「持卡人依其與發卡機構所訂立之信用卡使用契約，取得使用信用卡向特約商店簽帳消費之資格，並對發卡機構承諾償付帳款，而發卡機構則負有代持卡人結帳，清償簽帳款項之義務。此種持卡人委託發卡機構付款之約定，具有委任契約之性質，倘持卡人選擇以循環信用方式繳款，就當期

---

[1]　我國《消費者保護法》第 12 條規定：「定型化契約中之條款違反誠信原則，對消費者顯失公平者，無效。（第 1 項）定型化契約中之條款有下列情形之一者，推定其顯失公平：一、違反平等互惠原則者。二、條款與其所排除不予適用之任意規定之立法意旨顯相矛盾者。三、契約之主要權利或義務，因受條款之限制，致契約之目的難以達成者。」又同法第 22 條規定：「企業經營者應確保廣告內容之真實，其對消費者所負之義務不得低於廣告之內容。」此均乃法律中有關定型化契約及廣告內容之規範。

應償付之帳款僅繳付最低應繳金額，其餘應付款項由發卡機構先行墊付，持卡人則依約定給付循環利息者，又具有消費借貸契約之性質。信用卡使用契約既具有委任契約之性質，則發卡機構處理信用卡簽帳款之清償債務事務時，依《民法》第 535 條規定，應依持卡人之指示為之。而持卡人在簽帳單上簽名，可視為請求代為處理事務之具體指示，若特約商店就簽帳單上之簽名是否真正，未盡核對之責，發卡機構竟對之為付款，其所支出之費用，尚難謂係必要費用，自難依《民法》第 546 條第 1 項規定向持卡人請求償還，從而持卡人如主張信用卡係因遺失、被盜而被冒用、盜用，除發卡機構能證明持卡人有消費行為，或就其簽名之真正，特約商店已盡核對責任外，尚不得請求持卡人償還墊款。」[2]（最高法院 89 年度臺上字第 1628 號判決參照）

（三）契約的類型

　　基於契約自由原則，契約之成立，原則上只須當事人意思表示合致即可，無須以特定方式為之，即為「不要式契約」。例如：訂婚、借貸、承攬、和解、保證等，均為不要式契約。另契約，應依一定方式締結者，為「要式契約」。例如：終身定期金契約、人事保證契約、兩願離婚契約等，均應以書面為之（《民法》第 740 條、第 756 條之 1 第 2 項、第 1050 條），即為要式契約。結婚，應以書面為之，有二人以上證人之簽名，並應由雙方當事人向戶籍機關為結婚之登記（《民法》第 982 條），亦為要式契約。

　　應注意者，《民法》第 758 條規定：「不動產物權，依法律行為而取得、設定、喪失及變更者，非經登記，不生效力。前項行為，應以書面為之。」係指物權行為之書面，而非債權行為之書面，因而買賣不動產或約定設定抵押權之債權契約，均為不要式契約，不以訂立書面為必要。至於《民法》第 166 條之 1 第 1 項雖規定：「契約以負擔不動產物

---

[2] 此為最高法院最新見解，昔日有法院認為該 24 小時條款為無效者。例如：臺北地方法院判決認為，該定型化契約條款，有《消費者保護法》第 12 條第 2 項第 1 款所稱違反平等互惠原則之情形，故為無效（參臺北地方法院 86 年簡上字第 510 號判決）。

權之移轉、設定或變更之義務為標的者，應由公證人作成公證書。」[3]但該條因為其施行日期尚未經行政院會同司法院訂定（參見《民法債編施行法》第 36 條第 2 項），故仍未生效。惟契約得由當事人請求公證。實務上最常見者，係租賃契約之公證。租約，不以公證為其生效要件；但租約經公證者，出租人得請求載明承租人不依約定時期支付租金或租約終止而不返還租賃標的物時，得逕行強制執行，而無須先進行訴訟（《公證法》第 13 條第 1 項），此為租約公證之最大實益。

按我國《民法》〈債編〉第二章共規定 27 節之各種之債（包括民國 89 年 5 月 5 日增訂施行之旅遊契約、合會契約及人事保證契約）。在契約自由原則之下，允許當事人於不違反強制規定及公序良俗範圍內，自由訂定各種不同內容之契約。惟當事人訂約時，常不能預想各種可能發生之糾紛，而訂立預防糾紛之明確約款，故為備當事人所訂契約不明確，或就某事項根本未有約定而發生糾紛時，使法官裁判或當事人解決糾紛有所依據，乃沿襲他國法制，於《民法》〈債編〉第二章各種之債中，選擇往昔日常生活較為常見之契約類型，即買賣、互易、交互計算、贈與、租賃、借貸（使用借貸及消費借貸）、僱傭、承攬、旅遊、出版、委任、經理人及代辦商、居間、行紀、寄託、倉庫、運送營業、承攬運送、合夥、隱名合夥、合會、指示證券、無記名證券、終身定期金、和解、保證及人事保證等 27 種契約加以規定，就 27 種契約而言，稱為典型契約（Typische Vertrage），或有名契約（Benannte Vertrage）。其餘法律未加以明文規定之契約，即為非典型契約（Nicht typische Vertrage），或無名契約（Nichtbenannte Vertrage）[4]。至於行政契約，依我

---

[3]　我國《消費者保護法》第 12 條規定：「定型化契約中之條款違反誠信原則，對消費者顯失公平者，無效。（第 1 項）定型化契約中之條款有下列情形之一者，推定其顯失公平：一、違反平等互惠原則者。二、條款與其所排除不予適用之任意規定之立法意旨顯相矛盾者。三、契約之主要權利或義務，因受條款之限制，致契約之目的難以達成者。」又同法第 22 條規定：「企業經營者應確保廣告內容之真實，其對消費者所負之義務不得低於廣告之內容。」此均乃法律中有關定型化契約及廣告內容之規範。

[4]　參曾隆興，《現代非典型契約論》，臺北：作者自刊，1987 年，頁 1。

國現行法令所規定之行政行為，其中較為重要者有 [5]：

1. 委託行使公權力之約定、協議或契約。

2. 租稅法上之契約。

3. 行政主體間設置營造物或公物之協議。

4. 訴訟法上之保證契約，如具保或責付以代替羈押等。

5. 公務機關聘用派用約僱人員之僱用關係。

6. 公費教育之契約關係。

7. 代替經濟管制措施之協議，如與廠商協議決定價格。

8. 損失賠償或損害賠償之協議。

（四）契約之效力

1. 無效之契約

契約，有下列情形之一者，無效：

（1）違反強制或禁止規定（《民法》第 71 條前段）：例如，男未滿 17 歲，女未滿 15 歲而訂定婚約者，其婚約違反《民法》第 973 條規定，自屬無效。惟《民法》及其相關法規經修正，其中重要案乃將《民法》第 12 條「滿 20 歲為成年」改為「滿 18 歲為成年」，並自 2023 年 1 月 1 日起正式施行；另《民法》第 973 條「男女未滿 17 歲者，不得訂婚」、《民法》第 980 條「男女未滿 18 歲者，不得結婚」等亦修正通過。

契約雖違反強行法規，但該法規不以之為無效者，則契約仍為有效（《民法》第 71 條後段）。例如，《土地稅法》等相關法律規定，土地增值稅應由原土地所有權之出賣人繳納。但買賣雙方約定，由買受人負擔土地增值稅者，該約定仍為有效（參見最高法院 88 年臺上字第 1543 號判決）。

（2）違反公共秩序或善良風俗（《民法》第 72 條）：例如，公司無

---

[5] 同上註，頁 1。

正當理由而與女性員工約定,凡結婚或懷孕者,視為辭職。此項約定為違反公序良俗,係屬無效。

違反法定方式(《民法》第 73 條前段):例如,夫妻兩願離婚時,雖作成離婚證書,且有二人以上之證人在該證書上簽名,但卻未向戶政機關辦理離婚登記,則其離婚無效(《民法》第 1050 條)。

(3) 契約雖未依法定方式,但法律並不以之為無效者,仍為有效(《民法》第 73 條但書)。例如,出租私有房屋或土地,約定租期超過一年,而未訂立租賃契約書,則雙方仍有租賃契約關係,但視為不定期限之租約(《民法》第 422 條後段)。

(4) 契約之一方或雙方當事人於締約時無行為能力,或其意思表示係在無意識或精神錯亂中所為(《民法》第 75 條):例如,禁治產人所締結契約,均屬無效。

(5) 契約之當事人雙方通謀而為虛偽意思表示(《民法》第 87 條):例如,甲為脫產,而與知情之乙訂立虛偽之借款契約,並由甲將其房屋虛偽設定抵押權與乙。此時,甲、乙間之借貸契約及抵押權設定契約,均無任何效力可言。故甲之債權人得行使代位權(《民法》第 242 條),請求乙塗銷該抵押權登記。

2. 得撤銷之契約

依法律之特別規定,法律行為得由撤銷權人撤銷之[6]。實務上重要者如下:

(1) 當事人一方係乘他方之急迫、輕率或無經驗,而使其為財產之給付或為給付之約定(《民法》第 74 條):例如,甲利用乙急需金錢,而以年利率百分之五十借款與乙,則乙得請求法院撤銷雙方之借貸契約(《民法》第 205 條)。

---

[6] 法律行為撤銷後,其效力亦屬自始無效。參《民法》第 114 條第 1 項規定:「法律行為經撤銷者,視為自始無效。」

（2）當事人係出於錯誤而訂立契約（《民法》第 88 條）：例如，甲非因過失而不知乙之房屋為海砂屋而購買之，則甲於締約後，得撤銷其買受之意思表示，並請求乙返還已付之價金。

（3）當事人係因被詐欺或被脅迫而訂立契約（《民法》第 92 條）：例如，甲明知自己之建地已被編為公園預定地，卻向不知情之乙詐稱仍為建地而出賣之，則乙得撤銷其買受之意思表示。

（4）債務人以詐害債權人之意思而與他人訂立契約（《民法》第 244 條）：例如，甲積欠乙借款不還，卻將自己唯一之不動產贈與丙，或將該不動產以遠低於市價之價格出售與知情之丙，則乙得請求法院撤銷甲、丙間之贈與契約或買賣契約。

3. 效力未定之契約

契約有下列情形之一者，為效力未定：

（1）限制行為能力人未先經法定代理人允許，而訂立契約（《民法》第 77 條）：例如，17 歲之甲未經其父母允許，向乙購買價值昂貴之全新汽車一部，甲已經支付價金，乙亦已交付汽車。此時，該買賣契約應經甲之父母承認，始生效力。若甲之父母不承認，則甲、乙間之契約確定無效，甲得請求乙返還價金，乙得請求甲返還汽車。

（2）無權利人未經權利人允許，而就標的物作成處分之契約（《民法》第 118 條）：例如，甲擅自將乙託其保管之古董出售並交付與知情之丙，則甲、丙間就該古董所為之所有權移轉契約，應經所有人乙承認，始生效力。換言之，須經乙之承認，丙始能成為新所有人。

（3）無權代理人代理本人而訂立契約（《民法》第 170 條第 1 項）：例如，甲未經乙授權，逕以乙之代理人名義，就乙之房屋與知情之丙締結買賣契約。此時，應經乙承認，乙、丙間之買賣契約，始生效力。若乙不承認，丙不得請求乙交屋及辦理所有權

移轉登記。

（五）契約的履行與不履行

　　有效之契約，當事人應履行之。不履行者，除有特殊情形外，他方當事人得於取得勝訴判決等執行名義[7]後，請求法院強制執行。所謂特殊情形，例如，婚約不得請求強迫履行（《民法》第 975 條）。又如，夫妻縱經法院判決應履行同居義務，勝訴之一方仍不得請求法院強制執行該判決（《強制執行法》第 128 條第 2 項），只得以敗訴之一方於同居之訴判決確定後，仍不履行同居義務，構成惡意遺棄他方在繼續狀態中，而訴請法院判決兩造離婚（《民法》第 1052 條第 1 項第 5 款）。

　　當然，在特殊情形下，法律亦賦予當事人自力救濟權，而無須先取得法院之執行名義。例如：

1. 自助行為

　　《民法》第 151 條規定：「為保護自己權利，對於他人之自由或財產施以拘束、押收或毀損者，不負損害賠償之責。但以不及受法院或其他有關機關援助，並非於其時為之，則請求權不得實行或其實行顯有困難者為限。」例如：債務人變賣財產將潛逃出境，或在飲食店白吃白喝後欲藉機溜走。但依此規定，拘束他人自由或押收他人財產者，須應即時向法院聲請處理。如此一聲請被駁回或聲請遲延者，行為人應負損害賠償之責（《民法》第 152 條）。

2. 占有人之自力救濟權

　　《民法》第 960 條規定：「占有人對於侵奪或妨害其占有之行為，得以己力防禦之。占有物被侵奪者，如係不動產，占有人得於侵奪後，即時排除加害人而取回之。如係動產，占有人得就地或追

---

[7]　現行強制執行之執行名義，依《強制執行法》第 4 條之規定，有下列六種：一、確定之終局判決。二、假扣押、假處分、假執行之裁判及其他依《民事訴訟法》得為強制執行之裁判。三、依《民事訴訟法》成立之和解或調解。四、依《公證法》規定得為強制執行之公證書。五、抵押權人或質權人，為拍賣抵押物或質物之聲請，經法院為許可強制執行之裁定者。六、其他依法律之規定，得為強制執行名義者。

蹤向加害人取回之。」

依《民法》第 148 條規定，行使債權，履行債務，應依誠實信用方法。此項「誠實信用原則」乃《民法》的帝王條款，履行契約，亦應遵守。例如甲出售 A 地於乙，並交付其占有使用。由於價金尾款尚未付清，甲乃催告乙於十日內交付，否則解除契約。嗣乙未支付尾款，但甲亦未立即解除契約。十一年後，因地價高漲，甲乃去函乙，表示解除買賣契約，請求返還 A 地。最高法院認為，甲多年不行使權利，突然行使，陷乙於窘境，顯然違反誠信原則，故甲之解除權應不得再行使[8]。

契約應嚴予遵守，切實履行。不履行契約者，構成債務不履行，債務人依法應負損害賠償責任。債務不履行，共有三類：

（1）給付不能

例如甲出售並交付土地於乙，乙已支付部分價金。其後甲再出售該地於丙，並移轉所有權登記於丙。此時丙得基於所有人的地位，向乙請求返還土地。因此，甲對乙所負之出賣人義務，即為給付不能，甲應依《民法》第 226 條負債務不履行的損害賠償責任，乙並得依《民法》第 256 條解除契約，請求甲返還已付的價金。

（2）給付遲延

例如甲出售汽車於乙，乙遲延支付價金，乙應依《民法》第 231 條負因遲延而生之損害賠償責任。甲並得依《民法》第 254 條定期催告乙支付，乙仍不支付者，甲得解除契約。

---

[8]　同旨可參最高法院 86 年度臺上字第 669 號判決要旨：「《土地法》第一百零四條之立法意旨，在於使土地與其上房屋同歸一人所有，既維持房屋與基地權利之一體性，杜絕紛爭，並盡經濟效用；非在使巧取利益。是優先購買權人應在相當期限內行使其權利，若長期不行使，不僅有悖於法之安定性，且嗣後如房地價格高漲，仍許行使優先購買權，尤與法律規定依同樣條件購買之本旨不符。以故，優先購買權人既於所有權人徵詢購買時，明示不願購買，又明知嗣後已有買賣行為，依法得請求優先購買，仍長期數年不行使優先購買權，待價格巨幅上漲後，始行使優先權，主張以數年前之價格優先購買，則其權利之行使，難謂無違反誠信原則。」

（3）不完全給付

例如甲出售汽車於乙，該車之煞車失靈，並因而發生車禍致乙受傷。甲出售的汽車煞車失靈，是為甲之「瑕疵給付」。至於乙因車禍而受傷，是為甲之「加害給付」。乙得依《民法》第 227 條之規定，請求甲賠償因其瑕疵給付與加害給付所生之損害。

（六）契約書狀之範例

有關契約之理論，上開業已說明其中最重要之概念。惟在實務上有關契約之案例，實是多而雜，不勝枚舉。然無論如何，研究契約者，首要工作，應認定當事人所訂立的是何種契約，究為《民法》或特別法規定的典型契約，抑屬非典型契約。其次應進一步了解其究為要式或不要式，諾成或要物，要因或不要因，一方負擔義務或雙方負擔義務，有償或無償，一時或繼續性，預約或本約，主契約或從契約，生前契約或死因契約……等[9]。再者，契約書的格式，應包括[10]：

1. 當事人的表示（就借貸來說，為借方與貸方）

2. 當事人簽名（或記名）蓋章

3. 騎縫章

4. 契約的標的如為物，則應有所表明（如：買賣的標的為土地，則地址、地號、地目、土地面積等）

5. 日期。

另製作契約書時，應當特別注意且須明確標示如下重點[11]：

---

[9] 王澤鑑，《民法概要》，臺北：三民書局，2008 年 12 月增訂四刷，頁 327。諾成契約（不要物契約），因意思表示合致，即可成立者謂之；要物契約，謂契約於意思表示外，尚需其他現實成分（尤其是物之交付）始能成立者，如買賣、租賃……等。預約者，即約定將來成立一定契約之契約，如消費借貸預約；本約者，即履行該預約而成立之契約也。要因契約意指當事人訂定契約必有一定之原因者，如買賣；其不問原因者，則為不要因契約，如票據行為等。

[10] 李永然主編，《契約書製作範例》，臺北：五南圖書出版股份有限公司，1993 年 9 月初版，頁 3。

[11] 同上註，頁 22-23。

1. 契約生效日期及有效日期

2. 契約的當事人（公司與個人、保證人與見證人、本人與代理人等
   應區別清楚）

3. 契約的旨趣與目的

4. 契約的對象和目的物

5. 雙方的權利和義務。

茲因限於篇幅，現列舉與我們學生較常用之實例有四[12]供參考，其
餘類推，自行參閱。

---

[12] 曹翰臣，《實用民事訴訟範例彙編》，臺北：梅影出版社，1987 年 9 月版。

1. 房屋租賃契約

房屋租賃契約

　　立契約人○○○（以下簡稱為甲方）　　○○○（以下簡稱為乙方）茲雙方同意訂立租賃契約條款如下：

一、甲方願將所有座落○縣○鄉○路○號○造房屋一棟（包括廚房、浴室、廁所……）出租與乙方使用。租賃期限定為○年，即自○○○年○○月○○日至○○○年○○月○○日止，期滿應即遷讓完整交還，如有不為完整交還者，乙方願逕受法院強制執行。

二、房屋租金議定為每月新臺幣○元，按月十五日交付，如積欠租金達兩期以上，甲方得以終止其契約將房屋收回。

三、前項租金及租賃房屋，乙方若不遵約履行者願逕受法院強制執行。

四、在租賃期內，雙方除有法定原因外，不得終止契約，倘該租賃房屋發生產權或出租等糾葛情勢，概由甲方負責，如乙方因此遭受損害，甲方應負損害賠償之責。

五、在租賃期間，乙方應以善良保管租賃房屋，如違反上項義務致將房屋毀壞者，乙方應負回復原狀或損壞賠償之責。乙方並不得將房屋供違反善良風俗之使用或轉租他人。否則甲方得隨時終止契約。

六、租賃期間，如房屋確有修繕之必要，應由甲方負責，如乙方為居住便利而改修時，應先徵得甲方同意。

七、乙方另付給甲方押金新臺幣○元正，於租賃期滿時，甲方收回房屋之日同時將上項押金無息退還。

八、租賃期間，一切稅金由甲方負擔，至於乙方所用水電則由乙方負擔。

九、本契約終止時，乙方應即遷讓房屋，否則願給付甲方違約金，每日新臺幣○元正並願逕受法院強制執行。

十、乙方保證人願負連帶保證責任，亦願逕受法院強制執行。

十一、本契約自雙方訂約公證後生效。

　　　　　　　　　　　　　　　　立租賃房屋契約人甲方○○○
　　　　　　　　　　　　　　　　國民身分證統一編號：
　　　　　　　　　　　　　　　　住址：○○○○
　　　　　　　　　　　　　　　　立租賃房屋契約人乙方○○○
　　　　　　　　　　　　　　　　國民身分證統一編號：
　　　　　　　　　　　　　　　　住址：○○○○
　　　　　　　　　　　　　　　　乙方連帶保證人○○○
　　　　　　　　　　　　　　　　國民身分證統一編號：
　　　　　　　　　　　　　　　　住址：○○○○

中華民國○○○年○○月○○日

2. 房屋買賣契約

房屋買賣契約

　　立房屋買賣契約人〇〇〇（以下簡稱為甲方）　〇〇〇（以下簡稱為乙方）茲雙方訂立房屋買賣契約條件如下：

一、甲方願將座落〇縣〇鎮〇里〇路〇號鋼筋混凝土造房屋一棟建積〇平方公尺及建坪〇坪，基地租用不在內，全部所有權以新臺幣〇元正出賣與乙方所有。

二、前項價款於本契約簽訂之日先付定金新臺幣〇元，其餘分為〇期交付，即第一期甲方於〇星期內交出辦理所有權移轉登記用所有權狀印鑑及其他文件彙齊交付乙方時給付新臺幣〇元；第二期待甲乙雙方共同提出於辦理登記所有權移轉登記文件交由管轄地政事務所登記時再給付新臺幣〇元；第三期待所有權移轉登記完畢及甲方將房屋移交乙方接管時付清尾款新臺幣〇元，任一方，如不遵守上開條件履行者，以有過失之一方，每日願給付違約金新臺幣〇元，不得異議。

三、前開房屋於出賣前，如設定其他權利或其他糾葛情事，由甲方負責處理。

四、本件房屋基地所有人，依照規定有優先承買權，甲方於訂約收到定金日起〇天內先行通知期限表示願否優先承購，而基地所有人表示願意優先承購者，本件契約應予解除，甲方應將所收定金返還乙方。

五、本約訂立前，各項稅金及電水費等歸由甲方負責清繳。

六、本契約係雙方喜悅，各無反悔，恐口無憑，特立本契約各執一份為據。

立契約人甲方〇〇〇

國民身分證統一編號：

住址：〇〇〇〇

立契約人乙方〇〇〇

國民身分證統一編號：

住址：〇〇〇〇

中華民國〇〇〇年〇〇月〇〇日

3. 和解契約

和解契約

　　立和解契約人〇〇〇（以下簡稱甲方）　〇〇〇（以下簡稱乙方）緣甲乙雙方於民國〇年〇月〇日因言語上發生爭執，致甲方遭乙方毆打成傷，經甲方驗傷後並向乙方提出告訴，此業經〇〇地方法院檢察署偵查終結以〇年度〇字第〇號起訴在案，茲經立法委員〇〇〇邀同雙方磋商同意和解條件開列於後：

一、甲方被乙方毆打重傷業經見證人出面和解，應由乙方向甲方登報道歉。

二、甲方受傷所支付所有醫療費用新臺幣〇元，由乙方負責全額賠償，並於本和解成立同時如數交付甲方收訖無訛。

三、本件傷害因雙方一時發生誤會所致，自和解成立之後了無心結，此後任何一方不得藉故報復或尋仇。

四、甲方向乙方所提出之告訴傷害案，自和解成立之日應具狀向〇〇法院請求撤回告訴以息訟爭。

五、特訂立和解契約書〇份除呈送〇〇法院一份存查外，立和解人雙方各執一份為憑。

立和解契約人甲方〇〇〇
國民身分證統一編號：
住址：〇〇〇〇
立和解契約人乙方〇〇〇
國民身分證統一編號：
住址：〇〇〇〇

中華民國〇〇〇年〇〇月〇〇日

4. 借款契約

借款契約

　　立借款契約人○○○（以下簡稱甲方）　　○○○（以下簡稱乙方）緣乙方因有急需特向甲方借款，經雙方協議訂定條件如下：

一、甲方願借與乙方新臺幣○元正，其利息按月以○分計算約明每月十五日前給付之。

二、借款期限定為○年，即自民國○年○月○日起至民國○年○月○日止，期滿償還甲方，乙方不得拖欠或藉故稽延。

三、乙方對前開借款及利息如不遵約履行清償者，願逕受法院強制執行絕無異議。

四、本約雙方共同向○○法院公證處除呈放一份外，各執一份為憑。五、本約自雙方簽字公證後生效。

貸與人甲方○○○

　　　　　　　　　　　　　　　國民身分證統一編號：

　　　　　　　　　　　　　　　住址：○○○○

　　　　　　　　　　　　　　　借款人乙方○○○

　　　　　　　　　　　　　　　國民身分證統一編號：

　　　　　　　　　　　　　　　住址：○○○○

中華民國○○○年○○月○○日

二 存證信函之理論與實務

近代社會急遽變遷及工商、服務業發達，自然形成了人們的互動頻繁與密切關係。因此，人與人間權益亦趨複雜，小者產生誤解、摩擦；大者釀至衝突、流血。在過去人治時代，這種私人權益的爭執，往往藉由私人自力救濟方式予以解決；今日法治盛行時代，除有不得已之情形外 [13]，一切爭訟：民事訴訟、刑事訴訟、行政訴訟、乃至選舉訴訟，悉依法院判決為主，而法官之判決則以「事實為證據，然後依據法律獨立審判。」筆者觀察所有證據以「書證」為重要的一種，而書證中又以「存證信函」為社會大眾最簡便、最常使用的保障方式。故如何撰寫及如何寄送郵局存證信函，實為現代法治社會與公民意識必備之要件。

（一）郵局存證信函之意義

所謂「郵局存證信函」，即當事人為保障自身權益，於其製作後，經由郵局寄發給第三人，以便日後提起訴訟時，作為保全證據的一種方式。綜合上述定義，應包含有如下要點：

1. 係當事人保全證據的一種方式

郵局存證信函通常經郵局以雙掛號方式寄出，該信函經對方收受後，收受人會在回執明信片上簽章且交給郵局，再由郵局寄回給當事人。而當事人據此保存回執明信片，並作為保存證據的重要證明物件。

2. 乃經由郵局來證明的非對話意思表示

郵局存證信函於當事人製作並寄送給對方後，經由郵局來證明發信日期及其陳述內容，此即可證明確已依法催告的非對話意思表

---

[13] 例如我國《民法》第 151 條：「為保護自己權利，對於他人之自由或財產施以拘束、押收或毀損者，不負損害賠償之責。但以不及受法院及其他有關機關援助，並非其時為之，則請求權不得實行或其實行顯有困難者為限。」第 152 條：「1、依前條之規定，拘束他人自由或押收他人財產者，應及時向法院聲請處理。2、前項聲請被駁回或其聲請遲延者，行為人應負損害賠償之責。」另第 148 條（權利行使之界限）、第 149 條（正當防衛）、第 150 條（緊急避難），亦應考慮之。

示。

3. 為當事人保障自身權益的重要佐證

郵局存證信函由當事人明確之意思表示即清楚知道寄件日期，此對於日後提起訴訟時，當已掌握有利的佐證物件。

（二）郵局存證信函的效果

按我國《民法》第 95 條第 1 項前段規定：「非對話而為意思表示者，其意思表示已通知達到相對人時發生效力。」其中所謂「非對話的意思表示」，一般得使用書信、函件……等方式來作為傳達的一種意思表示。而郵局存證信函據成為當事人最簡便和最慣用的意思表示方式，此即為其法源。郵局存證信函係由當事人（寄件人）親自擬寫（可委請律師或代書等代為撰寫）做成三份（可能以上），一份由寄件人收存，一份經由郵局寄於對方（收件人），另一份則由郵局保存；當寄件人到郵局以雙掛號寄發時，每份存證信函皆蓋有寄件人寄件日期之戳章，而當收件人收到後，必須於回執明信片上蓋章，再由郵局將該回執明信片寄回寄件人。故寄件人所寄發之存證信函內容、寄件日期及收件人之收件日期皆清清楚楚。簡言之，寄件人有了這些證明，當可作為將來有利的證據。

郵局存證信函內容非常廣泛，例如：不動產買賣、借貸，不動產的合建和承攬上爭議的債權、債務糾紛，乃至商事或勞資上糾紛……等，皆有可能使用到存證信函。因此，郵局存證信函的效力僅為日後證明寄件人之「非對話意思表示」卻已通知到對方，並向對方傳達寄件人可能將要採取法律行動之訊息；相對於收件人收到存證信函後，雖無回函之義務，但某種程度將會感受到壓力，進而可能出面與寄件人商議解決之道。

（三）撰寫存證信函時應注意事項

郵局存證信函的製作和寄發，主要係當事人為了能夠證明「非對話的意思表示」已送達對方，以便將來在訴訟過程中掌握有利之地位，如

何製作一份完整而且具效果的存證信函，應屬重要。以下僅就當事人（寄件人）於撰寫到寄送存證信函時應注意事項，說明如下：

1. 應以郵局之特定用紙來撰寫

當事人撰寫前，可先向郵局購買存證信函用紙（目前每張為 1 元）。而信函之規格，一行至多有 20 個字，一張至多有 26 行，郵資則依字數多少決定之；或從中華郵政網頁（https://www.post.gov.tw/post/internet/Download/index.jsp?ID=220301）下載依存證信函格式與使用說明來撰寫。撰寫時應以影印或複寫方式為之，寄發時一式最少三份（郵局留存一份、寄件人自己保留一份、收件人也保留一份）。

2. 撰寫內容應把握重點

寄發存證信函目的是為了催告對方履行義務及達到法律上的意思表示。撰寫時避免情緒性自抑或模稜兩可語句，甚至不利於己的文句；故撰寫時應把握人（當事人和關係人）、事（法律行為屬性）、時（法律行為之時間）、地（法律行為地）、物（標的物）等重點，不可模糊不清。

3. 撰寫內容時，應使用標準國字（字跡需工整）

金額大寫，標點符號亦應占用一格；而兩張間騎縫處亦應蓋上寄件人之印章。另如有增、刪或修改時，除修改處必須蓋章外，亦必須於欄外註明訂正、刪除或插入何字，並註明字數。

4. 寄送給二人以上時，應分別詳列寄出

若收件人有二人以上，且皆為有行為能力人，所謂有行為能力人指滿 20 歲之成年人及未成年人已結婚者（《民法》第 12 條、第 13 條第 3 項），則其法律責任，應個別負責。故寄送存證信函亦當分別寄送，始發生催告之效力；如未收到存證信函者，則不發生催告之效力。

5. 寄送後寄件人應保管好「回執證明」

　　所謂回執證明係指收件人於收到郵局存證信函後，會在存證信函後的明信片上蓋章，然後郵局再將其寄回給寄件人。而這張「回執證明」正可證明收件人的收受日期，而達到催告之「非對話之意思表示」。

6. 寄發時，寄件人應經郵局以雙掛號方式寄出

　　寄件人寄發存證信函時，應至郵局指定之窗口購置並書寫雙掛號信封，惟書寫時應注意信封上之住址與存證信函上之住址必須相同，正確無誤後，再交予承辦人員以雙掛號方式寄出，如此方可保證送達收件人。

（四）存證信函之格式與範例

　　郵局存證信函如前所述，係當事人經由郵局寄發給第三人，以達到依法催告對方的非對話意思表示。因此，在現行公民意識高漲的民主時代，應如何撰寫一份妥適的郵局存證信函，又當收到一份郵局的存證信函該如何去應對因應，實為現代人必備的最基本、最實用的重要常識之一。以下謹就現行與學生們關係較為密切的範例[14]有三，其餘殊途同歸，依此類推之。

---

[14] 林國泰，《存證信函之撰寫與範例》，臺北：永然文化出版股份有限公司，2003 年 10 月。

1. 一屋二租問題

一屋二租問題

陳甲於民國○○○年○○月○○日將其房子出租予王乙,雙方約定租期自○○○年○○月○○日起至○○○年○○月○○日止,計一年。茲因陳甲貪求較為高額租金,復於○○○年○○月○○日再行將該屋出租予李丙,雙方並行約定期限自○○○年○○月○○日起至○○○年○○月○○日止,共計兩年,同時李丙搬入居住。其後王乙欲遷入該屋居住時,始發覺李丙早先居住該屋,而李丙亦表明有合法租約存在,此時王乙該如何發存證信函向陳甲維護其權利?僅舉範例如下。

一、寄件人:姓名:王乙　詳細地址:○○市○○路○○號
二、收件人:姓名:陳甲　詳細地址:○○市○○路○○號

敬啟者:

緣本人於民國(以下同)○○○年○○月○○日與台端就台端所有門牌號碼為○○市○○路○○號○樓之房屋簽訂房屋租賃契約(如附件)。雙方約定日期自○○○年○○月○○日起至○○○年○○月○○日止計一年,租金每月為新臺幣(以下同)三萬元正。

事後本人欲搬進上揭房屋居住時,始發現台端貪圖較為高額租金,復於○○○年○○月○○日將該房屋再行出租予李丙使用,並收取每月三萬三千元之租金,且李丙先前業已搬入居住,致使本人權益受損甚鉅。為保障本人權益,特發函催告台端,請台端於函到七日內速與本人洽商解決事宜,若屆期仍置之不理,本人必當追究台端之法律責任,絕不寬貸,希勿自誤。

2. 承租房屋有瑕疵問題

承租房屋有瑕疵問題

　　陳甲將其所有之房屋出租予王乙，王乙搬入一個月後，適逢五月的梅雨季節，每當外面下大雨，房屋裡頭跟著下小雨，歷經數星期益見嚴重。王乙多次以口頭及電話向陳甲反映，陳甲皆置之不理，此時王乙該如何發函向陳甲主張其權利？

　　一、寄件人：姓名：王乙　詳細地址：○○市○○路○○號
　　二、收件人：姓名：陳甲　詳細地址：○○市○○路○○號

　　敬啟者：

　　緣本人於月前與台端就台端所有門牌號碼為○○市○○路○○號○樓之房屋簽訂「房屋租賃契約」（如附件）。

　　本人始搬進居住時，尚未發現上揭房屋有何瑕疵。惟近半個月以來正逢梅雨季節，每當外面下雨，房屋屋頂即有漏水現象且益見嚴重，令本人苦惱不已。本人多次以口頭及電話請台端修繕，台端均相應不理。為保障本人權益，並維護貴我雙方間情誼，請台端能將心比心、本諸誠信，於函到七日內速將上揭房屋屋頂漏水問題予以改善，若屆期仍置之不理，本人將終止上揭租賃契約，並依法請求賠償。

3. 債務人逾期不還問題

債務人逾期不還問題

　　陳甲於民國○○○年○○月○○日借貸新臺幣壹拾萬元予王乙，就此雙方約定除按月付息外，於○○○年○○月○○日王乙應付清上揭借款，惟王乙並未依約定於該日向陳甲清償借款，經陳甲多次催討後均無結果後，試問陳甲應如何發函向王乙主張其權利？

　　一、寄件人：姓名：陳甲　詳細地址：○○市○○路○○號
　　二、收件人：姓名：王乙　詳細地址：○○市○○路○○號

　　敬啟者：

　　緣台端於民國（以下同）○○○年○○月○○日向本人借貸新臺幣（以下同）壹拾萬元正，雙方約定利息每月○○元，借貸期限自○○○年○○月○○日起至○○○年○○月○○日止，此有金錢借貸契約為證。

　　不料台端於到期後拒不返還上揭借款及利息共計○○元，本人迭以口頭及電話向台端催討，台端皆相應不理。今為保障本人權益，特發本函催告台端，希台端於函到七日內速將上揭借款及利息共○○元返還予本人，若屆期仍置之不理，本人必將追究台端一切法律責任，絕不寬貸，希勿自誤。

（附）郵局存證信函用紙

郵 局 存 證 信 函 用 紙

副正
本

<table>
<tr><td rowspan="4">郵　局

存證信函第　　　號</td><td>一、　寄件人</td><td>姓名：
詳細地址：</td><td>印</td></tr>
<tr><td>二、　收件人</td><td>姓名：
詳細地址：</td><td></td></tr>
<tr><td>三、　副本
　　收件人</td><td>姓名：
詳細地址：</td><td></td></tr>
<tr><td colspan="2">（本欄姓名、地址不敷填寫時，請另紙聯記）</td><td></td></tr>
</table>

格\行	1	2	3	4	5	6	7	8	9	10	11	12	13	14	15	16	17	18	19	20
一																				
二																				
三																				
四																				
五																				
六																				
七																				
八																				
九																				
十																				

本存證信函共　　頁，正本　　份，存證費　　　，
　　　　　　　　　　副本　　份，存證費　　元，
　　　　　　　　　　附件　　張，存證費　　元，
　　　　　　　　　　加具副本　　份，存證費　　元，合計　　元。
　　　經　　郵局
　　年　月　日證明正副本內容完全相同　　郵戳　　經辦員　　印
　　　　　　　　　　　　　　　　　　　　　　　　主管

黏　　　　貼

郵　票　或
郵　資　券

備註

一、　存證信函須送交郵局辦理證明手續後始有效，自交寄之日起由郵局保存之副本，
　　　於三年期滿後銷燬之。

二、　在　　頁　　行第　　格下塗改　　字　印　　如有修改應填註本欄並蓋用
　　　　　　　　　　　　　　增刪　　　　　　　（寄件人印章，但塗改增刪）
　　　　　　　　　　　　　　　　　　　　　　　每頁至多不得逾二十字。

三、　每件一式三份，用不脫色筆或打字機複寫，或書寫後複印、影印，每格限書一
　　　字，色澤明顯、字跡端正。

處

　　　　　（騎縫郵戳）　　　　　　（騎縫郵戳）

單元 12 ╲ 國家賠償請求制度

陳龍騰

　　過去專制時代，國家或政府一向是高高在上，人民權利往往受到漠視，甚且遭到侵犯，而無法進行救濟。今日民主時代，國家和人民的關係顯然有重大改變，國家存在是為了服務人民，當代表國家執行公權力的公務員（包含受委託行使公權力之團體或個人，視同委託機關之公務員）有故意、過失不法或怠於執行；公共設施在設置或管理上有欠缺，導致人民自由、權利或生命、身體、人身自由或財產受損害時，人民依法皆有向國家要求賠償的權利[1]，相對的這是國家的義務。因此，身為現代具備公民意識的國民，了解國家賠償制度之流程，實為重要課題。

 一　國家賠償制度之演進

　　我國國家賠償制度的演進，與一般國家的發展趨勢大致相同[2]。例如，1947 年英國制頒《控訴王室法》，確立國家對公務員侵權應負賠償責任；1946 年美國訂頒《聯邦侵權賠償法》，並確立了國家賠償責任；1946 年日本《憲法》第 17 條規定：「任何人因公務員之違法行為受侵害時，得依法律規定向國家或公共團體請求賠償。」（1948 年制定《國家賠償法》）而 1947 年我國《憲法》第 24 條亦規定：「凡公務員違法侵害人民之自由或權利者，除依法律受懲戒外，應負刑事及民事責任，被害人民就其所受損者，並得依法律向國家請求賠償。」唯我國卻一直延遲至 1980 年 7 月 2 日，才由總統令公布《國家賠償法》17 條條文（2019

---

[1]　國家除因「違法」所產生之損害賠償法律責任外，亦可能因「合法」行為造成人民的損失，而需負損失補償責任，例如公益徵收之補償。李震山，《行政法導論》，臺北：三民書局，1997 年 9 月，頁 421。

[2]　我國國家賠償制度同時具有國家之代位責任論及國家自己責任理論。參見城仲模，〈行政法上國家責任之理論與立法之研究〉，《行政法之基礎理論》，臺北：三民書局，1991 年，頁 647。

年 12 月 18 日修正，如本單元第五項之附錄），翌年 6 月 10 日行政院訂定發布《國家賠償法施行細則》45 條條文（2020 年 6 月 8 日修正，如本單元第六項之附錄）。至此，我國終於建立了較為完備、綜合性的國家賠償制度。按《國家賠償法》係屬普通法；至於其他特別法，如《冤獄賠償法》、《警械使用條例》第 10 條、《土地法》第 68 條、《原子能法》第 29 條等，遇有競合時，仍依特別法優於普通法原則適用之 [3]。

二 我國國家賠償制度之大要

我國國家賠償制度規定，當人民權益受損，除可追究公務員之責任外，並可依《憲法》第 24 條及《國家賠償法》第 2、3、4 條及第 13 條條文之規定，向國家請求賠償。其情形包括有：

（一）公務員執行職務行使公權力時，不法侵害人民自由或權利。

（二）公共設施因設置或管理有欠缺，致人民生命、身體、人身自由或財產受損害。

（三）受委託行使公權力之團體，其執行職務之人於行使公權力時，不法侵害人民自由或權利。其要點如下表：

國家賠償制度	
公務員	公共設施
1. 執行職務行使公權力，因故意或過失不法。 2. 怠於執行職務。	因設置或管理有欠缺。
人民的自由或權利受侵害。	人民的生命、身體、人身自由或財產受損害。
人民可向賠償義務機關申請國賠。	人民可向賠償義務機關申請國賠。
賠償義務機關對於公務員、受委託執行職務行使公權力之團體或個人，有故意或重大過失時對之有求償權。	賠償義務機關對應負責任之人有求償權。

---

[3]　陳龍騰等著，《人權保障與實用法律》，高雄：高雄復文圖書出版社，2009 年 9 月，頁 196。

註	註
1. 公務員者，謂依法令從事公務之人員。	1. 公共設施因設置或管理有欠缺，致人民生命、身體、人身自由或財產受損害者，國家應負損害賠償責任。
2. 受委託行使公權力之團體或個人視同委託機關之公務員。	2. 前項設施委託民間團體或個人管理時，因管理欠缺致人民生命、身體、人身自由或財產受損害者，國家應負損害賠償責任。
3. 賠償請求權，自請求權人知有損害時起，因二年間不行使而消滅；自損害發生時起，逾五年者亦同。	3. 前二項情形，於開放之山域、水域等自然公物，經管理機關、受委託管理之民間團體或個人已就使用該公物為適當之警告或標示，而人民仍從事冒險或具危險性活動，國家不負損害賠償責任。
4. 第二條第三項、第三條第五項及第四條第二項之求償權，自支付賠償金或回復原狀之日起，因二年間不行使而消滅。	4. 第一項及第二項情形，於開放之山域、水域等自然公物內之設施，經管理機關、受委託管理之民間團體或個人已就使用該設施為適當之警告或標示，而人民仍從事冒險或具危險性活動，得減輕或免除國家應負之損害賠償責任。
	5. 第一項、第二項及前項情形，就損害原因有應負責任之人時，賠償義務機關對之有求償權。

結言之，我國國家賠償責任，基本上可區分為「公務員之國家賠償責任」及「公共設施之國家賠償責任」兩種；而前者又可區分為「公務員之作為」與「公務員之不作為」的國家賠償。現分別說明如下：

（一）公務員作為之國家賠償責任

係指《國家賠償法》第 2 條第 2 項前段之規定，其構成要件有七：

1. 公務員

2. 執行職務

3. 行使公權力

4. 不法之行為

5. 公務員有故意或過失

6. 造成人民自由、權利之損害

7. 不法侵害行為與損害有因果關係。

有關此等要件分述：

1. 所謂「公務員」

按我國《國家賠償法》係採《刑法》第 10 條之廣義解釋，即

「依法令從事公務之人員」；另凡受政府機關委託行使公權力之私法
上的團體或個人，其執行職務之行為，視同委託機關之公務員。惟
公務員或受委託執行職務之人，有故意或重大過失時，賠償義務機
關對之有求償權，但該賠償義務機關必須自支付賠償金或回復原狀
之日起二年內行使，否則時效即歸於消滅。

2. 所謂「執行職務」

依法界通說及實務上認定則以「執行職務之外形」為標準，意
先由客觀上的外形來觀察，再依一般社會之觀點判斷是否屬於其職
務便是。

3. 所謂「行使公權力」

按最高法院 80 年度臺上字第 525 號民事判決指「公務員居於
國家機關之地位，行使統治權作用之行為而言，並包括運用命令及
強制等手段干預人民自由及權利之行為，以及提供給付、服務、救
濟、照顧等方法，增進公共及社會成員之利益，以達成國家任務之
行為」。

4. 所謂「不法之行為」

應指行為在客觀上欠缺正當性者，如違反《憲法》、法律、命
令、習慣法、解釋、判例、法律上一般原理原則及比例原則等。至
於特別權力關係、統治行為、行政裁量等是否構成不法，實務上並
非採完全否定說。

5. 所謂「公務員有故意或過失」

按我國《國家賠償法》係採過失責任主義，意即公務員以出於
故意或過失者為限。依我國刑法第 12 條規定：「行為非出於故意或
過失者，不罰。過失行為之處罰，以有特別規定，者為限。」所謂
故意、過失，分述如下：

（1）故意

含直接故意與間接故意兩種：

A.直接故意：又稱為確定故意，即《刑法》第 13 條第 1 項所規定：「行為人對於構成犯罪之事實，明知並有意使其發生者，為故意。」例如甲欲殺乙，明知槍能殺人，仍舉槍射乙，致乙斃命，甲成立殺人既遂罪。

B.間接故意：又稱為不確定故意，即《刑法》第 13 條第 2 項所規定：「行為人對於構成犯罪之事實，預見其發生，而其發生並不違背其本意者，以故意論。」例如甲、乙同車，丙舉槍欲射甲，已預見不射中甲，亦必中乙，結果乙中彈身亡，丙仍成立殺人既遂罪。又例如向群眾開槍，雖不確知何人將遭射殺，但知必殺人，縱中彈者未致身亡，仍應成立殺人未遂罪等是。

（2）過失

亦分兩種：

A.無認識的過失：即《刑法》第 14 條第 1 項所規定，指行為人對於構成犯罪的事實，雖無認識，但按其情節，應注意並能注意而不注意，致犯罪事實發生。例如，車行街道，未注意行人，致將行人輾斃，成立過失致人於死罪。此種過失，是因行為人對於應盡注意義務有所懈怠所致，所以又稱懈怠過失。

B.有認識的過失：即《刑法》第 14 條第 2 項所規定，指行為人對於構成犯罪的事實，雖預見其能發生（即有認識），但因確信其不發生，而疏於防患，致犯罪事實發生。例如，車行街道，明知前有行人，自恃駕車技術純熟，不致撞及行人，乃未減速慢行，終將行人輾斃，亦應成立過失致人於死罪。由於行為人對於犯罪事實的發生疏於防患，此種過失又稱為疏虞過失 [4]。

---

[4] 拙著，《憲法人權與實用法律》，高雄：高雄復文圖書出版社，2021 年第二版，頁 196-197。

故公務員於執行職務時，對於法令有明確規定時，應清楚了解並確實注意與遵守，尤不應做顯然之錯誤解釋也。

6. 所謂「造成人民自由、權利之損害」

而所稱「損害」乃基於法益侵害不法之利益，至於這種損害則不問為財產上或非財產上、消極或積極皆是。

7. 所謂「不法侵害行為與損害有因果關係」

此意指公務員之不法行為與人民受損害間，二者存在的事實有必然關係，即法律上所稱「客觀相當因果關係」說。

（二）公務員不作為之國家賠償責任

係指《國家賠償法》第 2 條第 2 項後段之規定，其構成要件有五：

1. 公務員

2. 怠於執行職務

3. 人民之自由或權利遭受損害

4. 怠於執行職務之不法性

5. 行政不作為與損害之相當因果關係。

有關其要件，除前列說明外，所謂「怠於執行職務」，應指行政機關對於人民有作為義務，但執行職務行使公權力之公務員，因故意或過失，消極的違反積極作為義務，而怠於執行職務，致人民的自由、權利受到損害。

（三）公共設施之國家賠償責任

係依《國家賠償法》第 3 條之規定，採無過失責任，其構成要件有四：

1. 公共設施

2. 須設置或管理有欠缺

3. 須人民生命、身體、人身自由或財產受有損害

4. 須有相當因果關係。

有關其要件說明如下：

1. 所謂「公共設施」

意指國家地方自治團體或其他公法人，因人民需要而推動之公共建設，以供公眾使用的有體物，或其他物之設備。如政府機關所建造之公園、道路，公立學校之教室、禮堂……等。

2. 所謂「人民生命、身體、人身自由或財產受有損害」

意指因公共設施設置或管理有欠缺，致人民生命、身體、人身自由或財產發生損害的這種相當因果關係時，國家應負賠償責任；但公共設施設置或管理機關已善盡防止損害發生之義務或因不可抗力等情事發生時，此等機關皆可主張免除或減輕其責任。

最後，有關被害人如何行使請求損害賠償，依同法第 10 條之規定，被害人[5]應先以書面向賠償義務機關為之，即公務員所屬之機關、公有設施之設置或管理機關請求之[6]。賠償義務機關對於依本法之請求損害賠償，除拒絕賠償外，應即與請求權人進行協議，協議成立時，應作成協議書，賠償義務機關應依協議結果履行賠償義務。通常，賠償時原則上以金錢為主要，但以回復原狀為適當者，回復損害發生前之原狀。反之，如賠償義務機關拒絕賠償之請求，或自開始協議之日起逾六十日協議不成立，或自提出請求之日起逾三十日不開始協議，請求權人自可循行政爭訟程序向行政法院附帶請求損害賠償，或依《國家賠償法》之規定，向普通法院訴請賠償。此際，如採後者管道尋求救濟，自有適用《民事訴訟法》之相關規定，期以對人民權益有更周延之保障。

---

[5]　被害人即指權利或利益直接受到損害的人，惟被害人若死亡時，被害人之父母、子女及配偶，亦具請求權（《民法》第 194 條）；另為被害人支出殯葬費之人以及對被害人負有法定扶養義務之人，亦可提起請求權（《民法》第 192 條）。

[6]　賠償義務機關經裁撤或改組者，以承受其業務之機關為賠償義務機關，無承受業務之機關者，以上級機關為賠償義務機關。而賠償義務如有不能確定或有爭議時，得請求其上級機關確定之，若自被請求之日起逾二十日不為確定者得逕以該上級機關為賠償義務機關。至於國家以外之其他公法人準用之。參考《國家賠償法》第 9 條及第 14 條。

⓷ 我國國家賠償制度之特色

現行《國家賠償法》，實施數十年，具有如下優點[7]：

（一）將本法列入《憲法》之人權保障體系，確立在國法的特別地位。

（二）本法採「結果責任主義」以取代「過失責任主義」。

（三）本法對國家賠償歸責之事由，規定得相當廣泛，使人民生命、身
體或財產，受到較周到的保護。

（四）有關損害賠償範圍，本法對此未做具體規定，可依本法規定外，
適用《民法》第 216 條、第 192 條、第 193 條第 1 項、第 194 條
及第 195 條之規定。

（五）國家負損害賠償責任者，應以金錢為之。但以回復原狀為適當
者，得依請求，回復損害發生前之原狀。此兩種損害賠償之立法
例，能相輔相成。

（六）本法採請求協議先行主義外，並採「一事不再理原則」。

（七）本法對有審判或追訴職務之公務員，因執行職務所生之損害，也
明定可適用本法之賠償規定。

此外，還援用《刑法》對「公務員」最廣義之解釋及規定先行之
付醫藥費、喪葬費等亦屬之。另外，有關《國家賠償法》實行之實務
情形，在反射利益得否主張國賠方面，依大法官會議釋字第 469 號文認
為[8]，被害人對於公務員為特定職務行為，有公法上請求權存在，經請求

---

[7]　李鴻禧，《憲法與人權》，臺北：國立臺灣大學法學叢書（三九），1991 年 4 月六版。

[8]　法院釋字第 469 號文謂：「法律規定之內容非僅屬授予國家機關推行公共事務之權
限，而其目的係為保護人民生命、身體及財產等法益，且法律對主管機關應執行職
務行使公權力之事項規定明確，該管機關公務員依此規定對可得特定之人所負作為
義務已無不作為之裁量餘地，猶因故意或過失怠於執行職務，至特定之人之自由或
權利遭受損害，被害人得依《國家賠償法》第二條第二項後段，向國家請求損害
賠償。最高法院 72 年臺上字第七〇四號判例謂：『《國家賠償法》第二條第二項後
段所謂公務員怠於執行職務，係指公務員對於被害人有應執行之職務而怠於執行者
而言。換言之，被害人對於公務員為特定職務行為，有公法上請求權存在，經請求
其執行而怠於執行，致自由或權利遭受損害者，始得依上開規定，請求國家負損害
賠償責任。若公務員對於職務之執行，雖可使一般人員享有反射利益，人民對於公

其執行而怠於執行，致自由或權利遭受損害者，得依《國家賠償法》有關規定，請求國家負損害賠償責任。若公務員對於職務之執行，雖可使人民享有反射利益，人民對於公務員仍不得請求為該職務之行為者，縱公務員怠於執行該職務，人民尚無公法上請求權可資行使以資保護其利益，自不得依《國家賠償法》之有關規定請求國家賠償損害[9]。惟論者主張對於怠於執行職務之解釋適用，不能再執著於傳統理論[10]；甚至應接受只要有損害即可提起賠償之見解[11]。

　　至於因曾受羈押而受不起訴處分或無罪宣告者，得否以其行為違反公共秩序或善良風俗為由，限制其申請賠償（見《冤獄賠償法》第 2 條）。依大法官釋字第 487 號文認為，《冤獄賠償法》為國家賠償責任之特別立法。立法機關依《憲法》第 24 條之規定有制定有關國家賠償法律之義務，而此等法律對人民請求各類國家賠償要件之規定，應符合《憲法》上之比例原則。刑事被告之羈押，乃對人民身體自由所為之嚴重限制，故因羈押而生之冤獄賠償，尤其尊重《憲法》保障人身自由之精神。《冤獄賠償法》第 2 條之規定，僅以受害人之行為違反公共秩序或善良風俗為由，剝奪其請求賠償之權利，未能以其情節是否重大，有無逾越社會通常觀念所能忍受之程度為衡量標準，與《憲法》第 24 條之意旨未盡相符，故《冤獄賠償法》第 2 條第 2 款應不予適用。

　　務員仍不得請求為該職務之行為者，縱公務員怠於執行該職務，人民尚無法上請求權可資行使，以資保護其利益，自不得依上開規定請求國家賠償損害。」對於符合一定要件，而有公法上請求權，經由法定程序請求公務員作為而怠於執行職務者，自有其適用，惟與首開意旨不符部分，則係對人民請求國家賠償增列法律所無之限制，有違《憲法》保障人民權利之意旨，應不予援用。」

[9]　劉宗德教授認為「……此種不當擴大『反射利益』與『自由裁量』兩種概念，而否定行政不作為之國家賠償責任心態殊不可採。」董保城教授認為「……最高法院應從人民生命、健康、財產、人權保障觀點來認定怠於執行職務之賠償責任。」

[10]　城仲模，〈國家賠償法五年之回顧與展望〉，《行政法之基礎理論》，臺北：三民書局，1992 年，頁 812。

[11]　同註 1，頁 432。

（四）我國國家賠償請求之案例

如前所述，我國於 1980 年公布《國家賠償法》、1981 年發布《國家賠償法施行細則》。其後，雖略有修正，但整套國家賠償制度之實施，即便不盡完善，惟對於人民的權利則更具保障。茲列舉我國國家賠償六件案例，其中有成立的、亦有被拒絕的，提供參考，分述如下：

（一）臺中縣省立豐原高中大禮堂倒塌事件

按 1983 年 8 月 24 日該校於大禮堂舉行新生訓練時，禮堂突然倒塌，造成學生 26 人喪生，90 餘人輕重傷。據當時死亡學生家長，依《國家賠償法》第 3 條規定向國家請求賠償，經協議成立各賠償新臺幣 100 萬元；至於輕重傷學生亦依同條規定向學校請求賠償，經協議後同意賠償醫療費及精神慰藉金。另該案包商、建築師、學校、校長、主任、教育廳辦事員均以業務過失及圖利予以起訴判刑（見最高法院 76 年臺上字第 5292 號刑事判決）。此外，法院亦判決包商及建築師應支付民事賠償本息共 4,968 萬元 [12]。

（二）南投縣日月潭興業號遊艇翻覆事件

按 1990 年 8 月 25 日遊客李明珠等 55 人搭乘無照興業號遊艇夜航，途中不幸翻覆，艇上人員全部罹難死亡。罹難者家屬即以南投縣政府未盡管理業務，怠於取締，任未經檢驗合格業者違規夜航，乃要求賠償殯葬費、扶養費、精神慰藉金等損害，經協議後為南投縣政府所拒絕賠償。其後，罹難者家屬依訴訟程序提起上訴，最後經最高法院判決「……惟該項義務乃專在增進或保護公共安全，雖個人（遊客）因該作為亦獲有反射利益，人民對於公務員仍不得請求為該職務行為，揆諸前開判例，上訴人等不能因被上訴人所屬公務員怠於執行取締無照興業號遊艇違規營業之職務，使其親人李明珠等五十五人乘船翻覆死亡之受損而請求被上訴人負國家賠償責任……」[13]。

---

[12] 邢泰釗，《教師法律手冊》，臺北：教育部，1999 年，頁 49。
[13] 李震山，《行政法導論》，臺北：三民書局，1991 年，頁 431。

（三）臺中市中英大樓火災事件

按 1993 年 8 月臺中市中英大樓發生火災，有 4 人在大火中喪生；查該大樓早於 1992 年 10 月經臺中市政府作成禁止使用之處分，惟業者仍繼續違規使用且濫改建造，致無法逃生。罹難者家屬認為臺中市政府公務員未依《建築法》第 77 條及《商業登記法》第 32 條等加以取締，因有怠於執行職務之實，要求國家賠償，經協議後為臺中市政府所拒絕賠償。其後罹難者家屬向臺中地方法院提出告訴，經判決予以駁回，其理由為「違建未拆除之不作為並非直接發生災害之原因而否定直接相當因果關係」。又「公務員執行職務僅可使受害人享有反射利益，受害人尚無公法請求權」。

（四）臺北市東星大樓崩塌事件

按 1999 年 9 月 21 日凌晨 1 時 47 分 12 秒，臺灣南投中寮山區發生芮氏規模 7.3 級大地震，其中波及臺北市東星大樓崩塌，造成 73 人死亡、14 人失蹤、傷者送醫達 138 人，可謂慘不忍睹。事件發生後，該大樓住戶對臺北市政府提出國賠申請，理由為「東星大樓結構之計算有嚴重之錯誤，但審核員卻未揪出其錯，未盡法令上之必要注意義務」及「主管機關派員勘驗未能發現箍筋捆綁錯誤、混凝土強度不足等重大瑕疵，導致大樓因強度不足而於地震時倒塌，造成重大傷亡，公務員顯有過失」。茲因兩造協議不成，該國賠案進入訴願、行政訴訟等救濟程序；直到 2007 年，臺北市政府與受災戶終達成和解，一方面東星受災戶撤銷所有對臺北市政府的告訴，另方面臺北市政府亦同意賠償受災戶新臺幣 1 億 2,000 萬元，創國賠史上新高 [14]。

（五）嘉義八掌溪事件

按 2000 年 7 月 22 日 17 時 10 分左右，嘉義縣番路鄉八掌溪吳鳳橋段溪水突然暴漲，當時四名工人（臺南縣民林中和、楊子忠及嘉義縣民劉智夫婦）由於收拾東西走避不及，面對溪水暴漲，四人只能緊緊相

---

[14] 參閱維基百科，自由的百科全書，http://wikipedia.org/zh-tw 。

擁，苦待救援，茲因政府主管單位的遲滯與疏失，故而慘遭滅頂身亡；此一景象深深烙印在國人的心中，難以忘懷。事件發生後，全國民眾對陳水扁新政府救援效率極度不滿而提出嚴厲批判，最後總統二度向國人道歉，行政院副院長、警政署長與消防署長亦負起政治責任自請辭職。在此同時，司法機關亦對承包商違反《勞工安全衛生法》、承包商及公務員等瀆職和偽造文書罪作出判決處分。另政府亦主動與家屬協商善後事宜，最後依《國家賠償法》第 2 條規定，首先與劉智夫婦及楊子忠家屬達成協議賠償新臺幣 1,500 萬餘元，後來亦與林中和家屬達成協議賠償新臺幣 700 萬元，整起事件就此落幕 [15]。

（六）大學生登山死亡事件

按 2011 年中山醫學大學學生張博崴獨自攀登南投白姑大山，途中因迷路不幸山難身亡，該生家人認為南投縣消防局搜救不力，申請國家賠償被拒。案經法院訴訟，2015 年第一審臺北地院認為南投縣政府消防局有疏失判賠 267 萬元；其後，南投縣消防局不服判決並上訴到高等法院改判其免賠，理由為人民對國家並無享有登山零風險的請求權；最後，張生家人（原告）不服且上訴，最高法院終認為原告（張生家人）依《國家賠償法》第 2 條第 2 項、第 5 條、《民法》第 192 條第 1 項、第 194 條規定，請求被告給付其各 133 萬 4,970 元本息（原告就敗訴之 266 萬 9,940 元，已於第二審更正為各請求 133 萬 4,970 元本息部分，提起第三審上訴），為無理由，不應准許 [16]。

五 國家賠償法

法規名稱：國家賠償法

修正日期：民國 108 年 12 月 18 日

第 1 條　本法依中華民國憲法第二十四條制定之。

---

[15] 參閱 http://tw.knowledge.yahoo.com/question 。
[16] 參閱 https://jirs.judicial.gov.tw/GNNWS/NNWSS002.asp?id=385673。

第 2 條　1. 本法所稱公務員者，謂依法令從事於公務之人員。

　　　　　2. 公務員於執行職務行使公權力時，因故意或過失不法侵害人民自由或權利者，國家應負損害賠償責任。公務員怠於執行職務，致人民自由或權利遭受損害者亦同。

　　　　　3. 前項情形，公務員有故意或重大過失時，賠償義務機關對之有求償權。

第 3 條　1. 公共設施因設置或管理有欠缺，致人民生命、身體、人身自由或財產受損害者，國家應負損害賠償責任。

　　　　　2. 前項設施委託民間團體或個人管理時，因管理欠缺致人民生命、身體、人身自由或財產受損害者，國家應負損害賠償責任。

　　　　　3. 前二項情形，於開放之山域、水域等自然公物，經管理機關、受委託管理之民間團體或個人已就使用該公物為適當之警告或標示，而人民仍從事冒險或具危險性活動，國家不負損害賠償責任。

　　　　　4. 第一項及第二項情形，於開放之山域、水域等自然公物內之設施，經管理機關、受委託管理之民間團體或個人已就使用該設施為適當之警告或標示，而人民仍從事冒險或具危險性活動，得減輕或免除國家應負之損害賠償責任。

　　　　　5. 第一項、第二項及前項情形，就損害原因有應負責任之人時，賠償義務機關對之有求償權。

第 4 條　1. 受委託行使公權力之團體，其執行職務之人於行使公權力時，視同委託機關之公務員。受委託行使公權力之個人，於執行職務行使公權力時亦同。

　　　　　2. 前項執行職務之人有故意或重大過失時，賠償義務機關對受委託之團體或個人有求償權。

第 5 條　國家損害賠償，除依本法規定外，適用民法規定。

第 6 條　國家損害賠償，本法及民法以外其他法律有特別規定者，適用其他法律。

第 7 條　1. 國家負損害賠償責任者，應以金錢為之。但以回復原狀為適當者，得依請求，回復損害發生前原狀。

　　　　2. 前項賠償所需經費，應由各級政府編列預算支應之。

第 8 條　1. 賠償請求權，自請求權人知有損害時起，因二年間不行使而消滅；自損害發生時起，逾五年者亦同。

　　　　2. 第二條第三項、第三條第五項及第四條第二項之求償權，自支付賠償金或回復原狀之日起，因二年間不行使而消滅。

第 9 條　1. 依第二條第二項請求損害賠償者，以該公務員所屬機關為賠償義務機關。

　　　　2. 依第三條第一項請求損害賠償者，以該公共設施之設置或管理機關為賠償義務機關；依第三條第二項請求損害賠償者，以委託機關為賠償義務機關。

　　　　3. 前二項賠償義務機關經裁撤或改組者，以承受其業務之機關為賠償義務機關。無承受其業務之機關者，以其上級機關為賠償義務機關。

　　　　4. 不能依前三項確定賠償義務機關，或於賠償義務機關有爭議時，得請求其上級機關確定之。其上級機關自被請求之日起逾二十日不為確定者，得逕以該上級機關為賠償義務機關。

第 10 條　1. 依本法請求損害賠償時，應先以書面向賠償義務機關請求之。

　　　　2. 賠償義務機關對於前項請求，應即與請求權人協議。協議成立時，應作成協議書，該項協議書得為執行名義。

第 11 條　1. 賠償義務機關拒絕賠償，或自提出請求之日起逾三十日不開始協議，或自開始協議之日起逾六十日協議不成立時，

請求權人得提起損害賠償之訴。但已依行政訴訟法規定，附帶請求損害賠償者，就同一原因事實，不得更行起訴。

2. 依本法請求損害賠償時，法院得依聲請為假處分，命賠償義務機關暫先支付醫療費或喪葬費。

第 12 條　損害賠償之訴，除依本法規定外，適用民事訴訟法之規定。

第 13 條　有審判或追訴職務之公務員，因執行職務侵害人民自由或權利，就其參與審判或追訴案件犯職務上之罪，經判決有罪確定者，適用本法規定。

第 14 條　本法於其他公法人準用之。

第 15 條　本法於外國人為被害人時，以依條約或其本國法令或慣例，中華民國人得在該國與該國人享受同等權利者為限，適用之。

第 16 條　本法施行細則，由行政院定之。

第 17 條　1. 本法自中華民國七十年七月一日施行。

2. 本法修正條文自公布日施行。

六　國家賠償法施行細則

法規名稱：國家賠償法施行細則

修正日期：民國 109 年 06 月 08 日

第一章　總則

第 1 條　本細則依國家賠償法（以下簡稱本法）第十六條之規定訂定之。

第 2 條　依本法第二條第二項、第三條第一項之規定，請求國家賠償者，以公務員之不法行為、公有公共設施設置或管理之欠缺及其所生損害均在本法施行後者為限。

第 3 條　依本法第九條第四項請求確定賠償義務機關時，如其上級機

關不能確定，應由其再上級機關確定之。

第3-1條　本法第八條第一項所稱知有損害，須知有損害事實及國家賠償責任之原因事實。

第二章　預算之編列與支付

第4條　本法第七條第二項之經費預算，由各級政府依預算法令之規定編列之。

第5條　1.請求權人於收到協議書、訴訟上和解筆錄或確定判決後，得即向賠償義務機關請求賠償。

　　　2.賠償義務機關收到前項請求後，應於三十日內支付賠償金或開始回復原狀。

　　　3.前項賠償金之支付或為回復原狀所必需之費用，由編列預算之各級政府撥付者，應即撥付。

第6條　請求權人領取賠償金或受領原狀之回復時，應填具收據或證明原狀已回復之文件。

第三章　協議

第一節　代理人

第7條　1.請求權人得委任他人為代理人，與賠償義務機關進行協議。

　　　2.同一損害賠償事件有多數請求權人者，得委任其中一人或數人為代理人，與賠償義務機關進行協議。

　　　3.前二項代理人應於最初為協議行為時，提出委任書。

第8條　1.委任代理人就其受委任之事件，有為一切協議行為之權，但拋棄損害賠償請求權、撤回損害賠償之請求、領取損害賠償金、受領原狀之回復或選任代理人，非受特別委任，不得為之。

　　　2.對於前項之代理權加以限制者，應於前條之委任書內記明。

第9條　1.委任代理人有二人以上者，均得單獨代理請求權人。

2. 違反前項之規定而為委任者，對於賠償義務機關不生效力。

第 10 條 委任代理人事實上之陳述，經到場之請求權人即時撤銷或更正者，失其效力。

第 11 條 委任代理權不因請求權人死亡、破產、喪失行為能力、或法定代理權變更而消滅。

第 12 條 委任代理之解除，非由委任人到場陳述或以書面通知賠償義務機關不生效力。

第 13 條 1. 協議由法定代理人進行時，該法定代理人應於最初為協議行為時，提出法定代理權之證明。

2. 前項法定代理，依民法及其他法令之規定。

第 14 條 賠償義務機關如認為代理權有欠缺而可以補正者，應定七日以上之期間，通知其補正，但得許其暫為協議行為，逾期不補正者，其協議不生效力。

第二節　協議之進行

第 15 條 1. 同一賠償事件，數機關均應負損害賠償責任時，被請求之賠償義務機關，應以書面通知未被請求之賠償義務機關參加協議。

2. 未被請求之賠償義務機關未參加協議者，被請求之賠償義務機關，應將協議結果通知之，以為處理之依據。

第 16 條 賠償義務機關應以書面通知為侵害行為之所屬公務員或受委託行使公權力之團體、個人，或公共設施因設置或管理有欠缺，致人民生命、身體、人身自由或財產受損害，而就損害原因有應負責之人，於協議期日到場陳述意見。

第 17 條 1. 損害賠償之請求，應以書面載明左列各款事項，由請求權人或代理人簽名或蓋章，提出於賠償義務機關。

一、請求權人之姓名、性別、出生年月日、出生地、身分

證統一編號、職業、住所或居所。請求權人為法人或其他團體者，其名稱、主事務所或主營業所及代表人之姓名、性別、住所或居所。

二、有代理人者，其姓名、性別、出生年月日、出生地、身分證統一編號、職業、住所或居所。

三、請求賠償之事實、理由及證據。

四、請求損害賠償之金額或回復原狀之內容。

五、賠償義務機關。

六、年、月、日。

2. 損害賠償之請求，不合前項所定程式者，賠償義務機關應即通知請求權人或其代理人於相當期間內補正。

第 18 條 1. 數機關均應負損害賠償責任時，請求權人得對賠償義務機關中之一機關，或數機關，或其全體同時或先後，請求全部或一部之損害賠償。

2. 前項情形，請求權人如同時或先後向賠償義務機關請求全部或一部之賠償時，應載明其已向其他賠償義務機關請求賠償之金額或申請回復原狀之內容。

第 19 條 被請求賠償損害之機關，認非賠償義務機關或無賠償義務者，得不經協議，於收到請求權人之請求起三十日內，以書面敘明理由拒絕之，並通知有關機關。

第 20 條 賠償義務機關於協議前，應就與協議有關之事項，蒐集證據。

第 21 條 1. 賠償義務機關為第一次協議之通知，至遲應於協議期日五日前，送達於請求權人。

2. 前項通知所載第一次之協議期日為開始協議之日。

第 22 條 1. 賠償義務機關於協議時，得按事件之性質，洽請具有專門知識經驗之人陳述意見，並支給旅費及出席費。

2.請求賠償之金額或回復原狀之費用，在同一事件達一定之金額時，該管地方檢察署應賠償義務機關之請，得指派檢察官提供法律上之意見。

3.前項一定之金額由法務部擬訂，報請行政院核定之。

第 23 條　1.賠償義務機關應指派所屬職員，記載協議紀錄。

2.協議紀錄應記載左列各款事項：

一、協議之處所及年、月、日。

二、到場之請求權人或代理人。賠償義務機關之代表人或其指定代理人、第十五條、第十六條及第二十二條所定之人員。

三、協議事件之案號、案由。

四、請求權人請求損害賠償之金額或回復原狀之內容及請求之事實理由。

五、賠償義務機關之意見。

六、第十五條、第十六條及第二十二條所定人員之意見。

七、其他重要事項。

八、協議結果。

3.前項第二款人員應緊接協議紀錄之末行簽名或蓋章。

第 24 條　1.賠償義務機關得在一定金額限度內，逕行決定賠償金額。

2.前項金額限度，中央政府各機關，由行政院依機關等級定之；縣（市）、鄉（鎮、市），由縣（市）定之；直轄市，由其自行定之。

第 25 條　1.賠償義務機關認應賠償之金額，超過前條所定之限度時，應報請其直接上級機關核定後，始得為賠償之決定。

2.前項金額如超過其直接上級機關，依前條規定所得決定之金額限度時，該直接上級機關應報請再上級機關核定。

3. 有核定權限之上級機關，於接到前二項請求時，應於十五日內為核定。

第 26 條 1. 自開始協議之日起逾六十日協議不成立者，賠償義務機關應依請求權人之申請，發給協議不成立證明書。

2. 請求權人未依前項規定申請發給協議不成立證明書者，得請求賠償義務機關繼續協議，但以一次為限。

第 27 條 1. 協議成立時，應作成協議書，記載左列各款事項，由到場之請求權人或代理人及賠償義務機關之代表人或其指定代理人簽名或蓋章，並蓋機關之印信：

一、請求權人之姓名、性別、出生年月日、出生地、身分證統一編號、職業、住所或居所。請求權人為法人或其他團體者，其名稱、主事務所或主營業所及代表人之姓名、性別、住所或居所。

二、有代理人者，其姓名、性別、出生年月日、出生地、身分證統一編號、職業、住所或居所。

三、賠償義務機關之名稱及所在地。

四、協議事件之案由及案號。

五、損害賠償之金額或回復原狀之內容。

六、請求權人對於同一原因事實所發生之其他損害，願拋棄其損害賠償請求權者，其拋棄之意旨。

七、年、月、日。

2. 前項協議書，應由賠償義務機關於協議成立後十日內送達於請求權人。

第 28 條 1. 協議文書得由賠償義務機關派員或交由郵務機構送達，並應由送達人作成送達證書。

2. 協議文書之送達，除前項規定外，準用民事訴訟法關於送

達之規定。

第三節　協議之期日及期間

第 29 條　協議期日，由賠償義務機關指定之。

第 30 條　期日，除經請求權人之同意或有不得已之情形外，不得於星期日、國定紀念日或其他休息日定之。

第 31 條　賠償義務機關指定期日後，應即製作通知書，送達於協議關係人。但經面告以所定期日並記明協議紀錄，或經協議關係人以書面陳明屆期到場者，與送達有同一之效力。

第 32 條　期日應為之行為，於賠償義務機關為之。但賠償義務機關認為在其他處所進行協議為適當者，得在其他處所行之。

第 33 條　期日如有正當事由，賠償義務機關得依申請或依職權變更之。

第 34 條　期日及期間之計算，依民法之規定。

第四章　訴訟及強制執行

第 35 條　法院依本法第十一條第二項規定為假處分，命賠償義務機關暫先支付醫療費或喪葬費者，賠償義務機關於收受假處分裁定時，應立即墊付。

第 36 條　1.前條暫先支付之醫療費或喪葬費，應於給付賠償金額時扣除之。

　　　　　2.請求權人受領前條暫先支付之醫療費或喪葬費後，有左列情形之一者，應予返還：

　　　　　一、協議不成立，又不請求繼續協議。

　　　　　二、協議不成立，又不提起損害賠償之訴。

　　　　　三、請求權人受敗訴判決確定。

　　　　　四、暫先支付之醫療費或喪葬費，超過協議、訴訟上和解或確定判決所定之賠償總金額者，其超過部分。

第 37 條　1.請求權人因賠償義務機關拒絕賠償，或協議不成立而起訴

者，應於起訴時提出拒絕賠償或協議不成立之證明書。

2. 請求權人因賠償義務機關逾期不開始協議或拒不發給前項證明書而起訴者，應於起訴時提出已申請協議或已請求發給證明書之證明文件。

第 38 條　請求權人就同一原因事實所受之損害，同時或先後向賠償義務機關請求協議及向公務員提起損害賠償之訴，或同時或先後向賠償義務機關及公務員提起損害賠償之訴者，在賠償義務機關協議程序終結或損害賠償訴訟裁判確定前，法院應以裁定停止對公務員損害賠償訴訟程序之進行。

第 39 條　該管檢察機關應賠償義務機關之請，得指派檢察官為訴訟上必要之協助。

第 40 條　1. 請求權人於取得執行名義向賠償義務機關請求賠償或墊付醫療費或喪葬費時，該賠償義務機關不得拒絕或遲延履行。

2. 前項情形，賠償義務機關拒絕或遲延履行者，請求權人得聲請法院強制執行。

第 41 條　1. 本法第二條第三項，第四條第二項所定之故意或重大過失，賠償義務機關應審慎認定之。

2. 賠償義務機關依本法第二條第三項、第三條第五項或第四條第二項規定行使求償權前，得清查被求償之個人或團體可供執行之財產，並於必要時依法聲請保全措施。

3. 賠償義務機關依本法第二條第三項、第三條第五項或第四條第二項規定行使求償權時，應先與被求償之個人或團體進行協商，並得酌情許其提供擔保分期給付。

4. 前項協商如不成立，賠償義務機關應依訴訟程序行使求償權。

第 41-1 條　賠償義務機關於請求權人起訴後，應依民事訴訟法規定，將訴訟告知第十六條所定之個人或團體，得於該訴訟繫屬

中參加訴訟。

第 41-2 條　1. 賠償義務機關得在第二十四條第二項所定之金額限度內逕為訴訟上之和解。

2. 賠償義務機關認應賠償之金額，超過前項所定之限度時，應逐級報請該管上級權責機關核定後，始得為訴訟上之和解。

第五章　附則

第 42 條　各級機關應指派法制（務）或熟諳法律人員，承辦國家賠償業務。

第 43 條　各機關應於每年一月及七月底，將受理之國家賠償事件及其處理情形，列表送其上級機關及法務部，其成立協議、訴訟上和解或已判決確定者，並應檢送協議書、和解筆錄或歷審判決書影本。

第 44 條　1. 賠償義務機關承辦國家賠償業務之人員，應就每一國家賠償事件，編訂卷宗。

2. 法務部於必要時，得調閱賠償義務機關處理國家賠償之卷宗。

第 45 條　1. 本細則自中華民國七十年七月一日施行。

2. 本細則修正條文自發布日施行。

七 國家賠償請求書

請求權人： 性別： 出生年月日： 年 月 日

身分證統一編號： 電話：

出生地： 職業

住（居）所：

代理人： 性別：

身分證統一編號： 出生年月日： 年 月 日

出生地： 電話：

住（居）所： 職業：

請求之事項

請求賠償請求權人新臺幣 元。（如為請求回復原狀，請載明回復原狀之內容或程度。）

事實及理由

一、

二、

三、

（數機關應負連帶損害賠償責任時，請求權人如僅對賠償義務機關中之一部分機關請求全部或一部賠償，應載明已向其他賠償義務機關請求賠償之金額或回復原狀之內容。）

證據：（請提供可資證明之證物如照片、證人之相關資料或報案資料等）

　　此　　致

（賠償義務機關全銜）

請求權人 ⃞印

代理人 ⃞印

中華民國 年 月 日

註一：本請求書格式非固定、制式書表，僅供參考並提醒應載明事項，可使用一般十行文書空白紙書寫。

註二：

填寫說明

一、「請求權人」如為法人或其他團體，應記載其名稱及主事務所或營業所，例如：「請求權人○○有限公司　設：○○市○○區○○○○路○○號○○樓」。

二、「請求權人」如為法人或其他團體、無行為能力人或限制行為能力人時，並應記載其代表人或法定代理人之性別、出生年月日、出生地、身分證統一編號、職業及住（居）所，其方式如左：

「代表人（或法定代理人）○○○……」

即「請求權人」為法人或其他團體者，記載該法人或團體之代表人或管理人、經理人及其他依法令得為協議行為之代理人：「請求權人」如為無行為能力人（如未滿七歲之未成年人或禁治產人）或限制行為能力人（如滿七歲以上之未成年人）者，記載該禁治產人之監護人或該未成年之父、母、委託監護人、遺囑指定監護人或法定監護人等。

三、「請求權人」如為華僑時，「身分證統一編號」欄改為記載「護照」或「出入境證」或「居留證」字號，「住（居）所」欄則詳細記載「國內住址」及「僑居地住址」二項。「請求權人」如為外國人時，除增加記載其「原國籍」一項外，「身分證統一編號」欄並改為記載「外國護照」或「入境證」或「外僑居留證」字號，「住（居）所」欄則詳細記載「國內」及「國外」之住、居所二項。

四、「請求權人」（或代表人）得委任他人為代理人，與賠償義務機關進行協議。「請求權人」（代表人或法定代理人）委任一人為其代理人時，記載為「代理人○○○」，數人同時委任一人為其代理人時，記載為「共同代理人○○○」。又同一損害賠償事件有多數請求權人者，得委任其中一人或數人為代理人，與賠償義務機關進行協議。如委任其中一人或數人為其代理人時，記載為「請求權人兼右○人之代理人○○○」。此外，於同一損害賠償事件有多數請求權人之情形，如其中一人同時為另一人或數人之法定代理人時，記載為「請求權人兼右○人之法定代理人○○○」。

五、請求賠償金錢損害時，記載如「請求賠償請求權人新臺幣○仟○佰○○萬○仟○佰○○元整」；請求回復原狀時，記載如「請求將座落○○縣○○鎮○○段第○○地號地上建物即門牌○○縣○○鎮○○街○○號本國式平房一棟毀損倒塌之房屋牆壁重建」、「請求將毀壞之廠牌○○牌照號碼○○—○○○○汽車○輛修復」等回復原狀之內容或程度。

六、「請求權人」、「代理人」蓋印欄與「請求權人」、「代理人」欄之記載格式宜一致。

七、請求權人之電話號碼，宜一併記載，以方便接洽與聯絡。

八 國家賠償協議書

請求權人〇〇〇 （姓名、性別、出生年月日、出生地、國民身分證統一編號、職業及住居所。或法人、其他團體之名稱及主事務所或主營業所）

代理人〇〇〇 （姓名、性別、出生年月日、出生地、國民身分證統一編號、職業及住所或居所）

賠償義務機關 （名稱及所在地）

代表人 （姓名及住所或居所）

代理人 （姓名及住所或居所）

請求權人〇〇〇年度賠議字第〇〇〇〇〇〇〇〇〇〇號請求損害賠償事件，於中華民國〇〇〇年〇〇月〇〇日〇午〇〇時在〇〇〇〇〇協議成立，內容如下：

賠償義務機關應給付請求權人新臺幣〇〇〇〇〇元（或回復請求權人所有損害發生前之原狀）。請求權人對於與本事件同一原因事實所發生之其他損害，願拋棄損害賠償請求權。

	協議人
機　關 印　信	（請　求　權　人　或　代　理　人） （賠　償　義　務　機　關　代　理　人） （或　其　指　定　代　理　人）

中華民國 　　　年　　　月　　　日

填寫說明：

一、關於請求權人及其委任代理人時之記載方式，請參閱（一）賠償請求書之填寫說明一至四。

二、「賠償義務機關」及「代表人」名稱（姓名）、住居所（所在地）欄之記載應與（六）拒絕賠償理由書「被請求賠償機關」及「代表人」欄之記載一致。

三、依《國家賠償法》第十條第二項規定，協議成立時，協議書得為執行名義，故損害賠償之方法如係回復原狀時，其內容宜記載明確，請參閱（一）賠償請求書之填寫說明五。

四、「協議人（請求權人或代理人）（賠償義務機關代表人）簽名或蓋章」欄應與前「請求權人」及「代表人」等部分一致。

單元 13 ╲ 報導文學

林秀珍

一 報導文學的定義

報導文學包括「報導」和「文學」，兼有客觀的史實資料和主觀的個人剪裁，作為一個文學整體，必須考慮到個別事件的特殊性、問題、人物、時空表現出對生活的改變或對社會的衝擊和意義。

報導文學作為散文類型中的一種形式，對於景物的鋪排描寫，事件的陳述探討，人物的關係觀察，文獻資料的剪輯寫作，都在報導文學的書寫之中，它是與時代環境緊緊相扣的一種文學內容，必須落實社會面。因此，報導文學所要求的，首先必須是「真實事件」，而這個事實具有報導性。以司馬遷《史記》來說，他的〈項羽本紀〉、〈游俠列傳〉就是很好的報導文學作品。太史公將收集到的材料做適當的裁剪和分配，為戰爭做第一手的報導，還原楚漢相爭時的天下大勢。另一篇，凸顯出他個人對「游俠」的定義，並舉出人物，表達出其時代意義，引發我們有更深刻的了解與思考。

高信疆從《史記》體驗到報導文學的精義，特別強調「實證的態度」、「參與的熱忱」、「承擔的精神」，以承擔的精神結合理性與感性兩者向歷史負責[1]。

作家吳晟提到：「所謂『報導文學』當然要具有報導的可信度，還要兼具渲染力的文學性。……只有透過作者的參與與關懷，讓報導事件的時間、空間、情緒、感觸都明確浮現，才能讓讀者讀起來有融進事件的臨場感。」[2]

---

[1] 高信疆語參引陳銘磻編選，《臺灣報導文學十家》〈序言〉（臺北：業強出版社，2000），頁 9。

[2] 引吳晟於「文建會第三屆臺灣文學獎」《我們就是春天——報導文學得獎作品集》評審感言。見（臺北：行政院文化建設委員會，2001），頁 6-7。

　　報導文學不是「純文學」，不同於小說和散文，它不只是個人的思想情感或觀念思維的闡發，更是面對社會觀察的力量。若以文學的要求來為報導文學做一個定義，報導文學必須要有事件的「真」，以「善」的心態發揚人性和社會面貌，以文字的修飾達到「美」的標準。所以報導文學不是感性想像的文字馳騁，或是資料的堆疊拼湊，也不只是純粹表象事實的報導，而是挖掘社會事件表現現實人生的一種文學作品。

二 報導文學的發展

　　「報導」在交換訊息，傳遞思想；「文學」則具有表情達意的文字功能。以臺灣「報導文學」的時間發展來說，則有幾個歷程。

（一）濫觴於古典文學

　　在我們的文學作品當中，所傳達的生活、民俗、風景、個人見聞等，無論是何種形式的文體，都包含了實質的人生寫照與歷史現象。中國古代雖無「報導文學」之名，可是實質上，為數不少的文學作品都展現了寫實主義的色彩，如《詩經》的篇章、陸游《入蜀記》、徐霞客《徐霞客遊記》、劉鶚的《老殘遊記》等，符合報導文學非虛構的要求，以及具備文學的特性。

（二）發軔於報刊的發行

　　在 1896 年開始，《臺灣新報》與《臺灣產業雜誌》透過日本移民湧進臺灣移入臺灣，開拓了民間輿論的空間。

　　1930 年代是臺灣政治運動的激盪時期，日本在亞洲發動軍事侵略，臺灣的知識分子反抗運動雖在日本對殖民地的高壓統治下，遭受限制與瓦解，但臺灣作家企圖從文學工作以文化形式介入社會與政治領域，以報導文學的方式揭露批判社會的不公，人民的痛苦，其中以楊逵為代表人物。他在 1937 年 2 月 5 日的《大阪朝日新聞》臺灣版上發表了〈談「報導文學」〉，同年 4 月 25 日在《臺灣新民報》發表了〈何謂

報導文學〉兩篇短文，6月在《臺灣新文學》雜誌發表了〈報導文學問答〉，界定了臺灣文學的特質，並強調「報導文學」是開拓臺灣新文學的新領域，作者在思考觀察之間，把握住社會事物的面貌。

（三）蓬勃發展的 70 年代

70 年代的臺灣社會經歷了大變動，1970 年底爆發釣魚臺歸屬問題，1971 年政府退出了聯合國，在外力的衝擊下，社會運動勃興，鄉土文學論戰，知識分子意識到對現實的關切，對臺灣社會有了較為積極的認識，文學界通過報導文學的實際調查，將作家引入社會。1966 年第二屆國軍文藝金像獎設立第一個「報導文學獎」，直到高信疆於 1975 年《人間副刊》以「現實的邊緣」一系列的專題報導，配合大量圖片，掀起了一股報導文學的熱潮。當時臺灣的文學家上山下海，採擷民情，反映現實，關懷社會問題，成為社會變遷中重要的聲音。1978 年第一屆時報文學獎設立「報導文學獎」是臺灣出現的第二個報導文學獎，而此獎項也因此獲得推廣、提升，受到文壇與社會大眾注目。

重要的作家作品如：心岱關心生態環境的〈大地反撲〉、邱坤良寫臺灣戲曲的〈西皮福路的故事〉、古蒙仁寫原住民部落的〈黑色的部落〉、馬以工踏著清代郁永河曾經走過的臺灣路寫出〈幾番踏出阡陌路〉、陳銘磻探析原住民內心的〈最後一把番刀〉、翁台生寫社會邊緣的一群小人物〈痲瘋病院的世界〉、李利國對勞工階級的關懷而寫〈加工區女工的世界〉，他們所關注的議題從生態、環保、性別、文化到弱勢族群、社會問題的探討，一時之間都成為了報導文學的作品典範。

（四）成熟的 80 年代

1985 年報禁解除之後，文學副刊隨著報紙張數的增加反而漸居角落，陳映真創辦了《人間》雜誌，開啟集結社會運動與報導文學之間的道路。他在理念上，秉持著以文字圖像書寫對生活的觀察記錄、發現和批評；另一方面，站在社會弱勢立場，對社會進行調查、記錄、反思與批判。當時雜誌曾報導過原住民運動、環保運動、生態保護運動、雛妓

保護、兒童保護、農民運動、學生運動、工人運動以及政治受難者權益
等社會議題，引起廣大迴響。至此，報導文學已進入一個成熟的階段。
具有批判和文學性的佳作不少，如官鴻志寫曹族少年湯英伸的遭遇〈不
孝兒英伸〉與〈我把痛苦獻給你們〉；藍博洲寫白色恐怖政治的〈幌馬
車之歌〉；廖嘉展寫白化症兒童的〈月亮的小孩〉等，引起社會大眾的
重視，其影響不容忽視。

（五）生態書寫的 90 年代至今

　　解嚴之後，隨著社會的開放自由，社會運動議題更加多元且具行動
力。這些作家在報導外，落實文史工作的扎根、進行社區營造、呼籲生
態保育、高唱女性主義與原住民運動，大大加深了報導文學的深度和厚
度。

　　廖嘉展《老鎮新生》記錄嘉義新港社區文化形成的過程，是臺灣第
一本完整書寫社區運動的報導文學作品。長期從事文史記錄的楊南郡的
下〈斯卡羅遺事〉描寫斯卡羅族這個漢化最早的原住民歷史；鄧相揚寫
〈霧重雲深〉一文，撰寫霧社事件中霧社地區最高警政首長佐塚愛祐家
族的故事。1999 年九二一大地震後週年，林黛嫚主編《九二一文化祈
福在地的記憶・鄉土的見證》，讓報導文學與社會運動互為表裡。

　　此一時期，在生態書寫方面已漸趨成熟。長期開發生態書寫的劉克
襄，寫山林溪谷、花草蟲鳥，有生態書寫散文詩集小說創作數十種；之
後踵繼其步在自然書寫上對於海洋生態有許多作品的廖鴻基，從觀察海
洋、航行、進而調查臺灣海域、進行鯨豚研究，其作品也屢獲各大文學
獎。

三　報導文學採訪寫作

　　報導文學的寫作，必須先有「田野調查」，這包括人、事、時、
地、物的深入探索和訪問，故而認識「採訪」進而「寫作」，是投入報
導文學一項不可缺少的訓練。

要進行報導文學前，首先要鎖定報導的「人物」或「事件」，即確認訪問主題，決定訪問對象，設計訪問題目，再進行地點勘查或連絡的準備動作，以便進行採訪活動。

（一）採訪的活動流程

1. 採訪前的準備工作

（1）確定訪問主題和目的後，採分組（配合各人專長）或個人邀約。

（2）選擇適合的訪問對象，敲定會面時間、地點、方式，要準時赴約。

（3）熟悉被訪問者的基本資料和目前現狀。

（4）事先設計訪問題目，以獲得想要的解答及資料。

（5）把自己準備好。以虛心態度，充沛的自信心來迎接挑戰。

（6）準備工具。如：筆、手機、相機、筆記本、錄音器材等，進行採訪時，準備這些工具，可以避免遺漏或作為輔助佐證的資料。

2. 採訪的進行

在一切安排就緒之後，活動的重點便是好好地進行採訪。採訪前先擬訂要提問的題目，這樣才不會臨時手忙腳亂或抓不到訪問的重點所在。

（1）先徵求對方是否可以錄音、錄影或拍照？

（2）發問時，必須把握住幾個原則，如中肯、切題、深入、活潑等。

A. 問題不能離譜

B. 不能不著邊際，無法回答

C. 要有彈性，讓對方能暢所欲言

D. 新鮮的話題

E. 機智，隨機應變。

（3）整理完錄音檔後，所寫的稿件，應給被訪問者一份。

（4）拍照。現場拍照，或由被訪問者提供。

3. 整理訪問資料

採訪完畢後，要把記錄下來的採訪筆記或錄音檔案，以及電腦照片整理編排，以利稿件的繕寫。

（1）先整理出採訪的綱要

訪問時我們事前擬好的題目，不一定能挖掘出深刻的內容，有時是在訪談時意外出現令人驚喜的內容，因此採訪後要立刻整理綱要，並把錄音檔聽一遍。

（2）試著依訪問題目，擬訂寫作的分段標題

在我們設定題目後，試著將事先擬好的問題串聯起來，以標題方式凸顯訪問主題的特點。比如「人物採訪」的重點：

A. 成長過程　如成長背景、家庭生活、在學校的生活、打工經驗。

B. 某件事的影響　如人生中的重要選擇、影響深刻的人或一己個性、遭遇。

C. 創業歷程　如何開始、過程、改進的部分。

D. 家庭生活　家中成員、彼此相處互動情形。

E. 生涯規畫　對未來的展望。

從這些角度來形塑一個人物的特色和成就。若是以事為主，則可針對事件的現狀，探討並回顧其原因、歷程，輔以人物訪問、地理環境的調查和描述，切入採訪內容的核心，還原事件的真相。

（二）採訪寫作要點

1. 內容：（5W 與 1H）

（1）人物（**Who**）　包括當事人，以及直接、間接和事件有關係的人。

（2）時間（**When**）　採訪寫作應注意過去與未來時間之間的連結。

（3）事件（**What**）　對於與被訪問者人生相關的重要事件，其來龍去脈，必須詳加釐清與串聯。

（4）地點（**Where**）　訪問時的「發生地」，寫作時可將其「現場」延伸到其他點。

（5）原因（**Why**）　一般新聞都不太強調事件發生的原因。而深度的採訪寫作則可將此列為報導的重點項目，不只強調近因，還要查明遠因、旁因，以及深具意義的來由。

（6）過程（**How**）　一般新聞都只簡單描述事情發生的經過，但深度的採訪則必須掌握住事件發生的詳細經過，甚至未來性如何，才能予人深刻的印象。

2. 方式

好的報導文學，是一種社會調查，可以透過文學上的技巧，比如：對話、標語、史蹟、事件來呈現事實的真相。

文章的寫作，各有不同姿態，沒有哪一種是最好，但重要的是，必須把事件表達清楚，其來龍去脈，彼此之間的關係如何，在不失文學性的趣味之外，又能善盡報導的任務。

四　結　語

報導文學的任務是真實的反映出田野的聲音。以報導事實，追求事實為目標。報導文學的可貴，不僅在新聞事實的描述，不可忽略的是問題的挖掘。這正是文學嚴肅性、重要性的一面。

　　報導文學的形式，可以是多元化，不單以散文出現，甚至可以以小說、詩歌、日記、書信的面貌出現。文學不應以體裁為界限，而應以內容為主，換句話說，報導文學內容重於形式，它保有高度的紀實性、批判性與人性社會的終極關懷，即是對人的關懷。故而報導文學應排除虛構，可以改寫現實卻不能捏造、扭曲事實，可以藉由文學家的筆法，進行合理的推論或是想像，但必定不能違背真相。

　　身處全球化的位置中，當面對庸俗的媒體炒作文化，寫作報導文學時，我們需要更多睿智與包容，去關懷改變這個社會。我們期待更多良性的互動，更多具有良知的知識分子，能夠提供我們社會更多進步的聲音。

五 範 例

　　報導文學的寫作題材不受任何限制，不論是生態環境、歷史古蹟、人文歷史、社會現象或人物報導，只要把握住真人、真事的原則，任何題材都可以成為報導的對象。

（一）〈半生清寂過，守得花綻時──訪漳州市薌劇團小生鄭婭玲〉

涂鈞筑

　　中午時分她正在彩排。看上去肅穆且冷靜的端坐著。彩排結束我略微忐忑的踱進後臺，撥簾分水穿過一片花團錦簇、錦霞蒸蔚，看見了正勻妝的她：兩道眉直掃入鬢，胭脂紅從眉毛漸層到臉頰。她穿著素白水衣踩著黑色高跟鞋，逕自忙著對鏡修飾描畫，油彩的臉是一張端正凝定的古今歲月。

　　古人還魂到一半，脫胎在人世與後台之間，似霧濛花，如雲漏月，所謂色不迷人人自先醉，醉在胭脂霞色的淡香裡。我打了聲招呼，她轉頭緊緊握住手，非常熱情親切並且誠懇地回過禮。那雙很近望著我的眼睛，向上挑勾著墨黑的眼線，直讓人想到桃花艷艷，透著俊朗。我說等待下戲開空後彼此再好好聊聊。鄭婭玲女士非常的可愛，見我揹著相機，又低頭看

看自己的便當趕忙說樣子難看不要拍。

戲開演在即，我示意後便抽身準備轉往前台，冷不防聽見喊我的名字，原來她又追了出來，擔心的湊在耳邊問等下要準備的演講還有與演出，是否會令隔著海峽的台灣觀眾們，感到隔閡與陌生。看得出來這位演員個性不擺架子且謙虛，隨時顧慮著座下反應與想法。

初次接觸到漳州薌劇的印象就是和臺灣歌仔戲很雷同，但有更明顯的草根味，以及更遵循傳統的扮相。因為唱詞直白且曲子通俗，很容易理解劇情與欣賞。戲臺上梁山伯與祝英台正在十八相送，她戴著書生巾帽，緞面戲服繡著繁複花樣，是嫩黃色的摺子。白色水袖輕抖起落，描金牡丹扇子開闔翻飛，噙一朵微笑，眉眼往臺下稍稍一瞥，就是萬種風流。

散戲後再度到後臺找她。鏡子裡的面目已抹去油彩，卸卻戲服。總覺得下妝更像一種盡褪繁華的過程。她轉頭笑說等平常的妝化好再接受訪問。出來後臺上迷人風流倒是不見了，取而代之的是聰慧的樣子，言談舉止隨和謙遜，熱切的分享聊天，並沒有高高在上的姿態。

鄭婭玲是女小生，獲得國家一級演員的榮譽，成為省級非物質文化遺產薌劇代表性傳承者。從她侃侃而談的過程中逐漸了解從前的學戲經歷。出生在鄉村的她想要學戲，但是當時那邊的觀念做戲子這樣講出來是不太光彩的事情，她父親對此極力的反對，後來有機會能把戶口遷去城市，就想著先遷過去再說，因緣際會便開始了在戲校的日子。

「我們是大概初中才開始學戲，都18歲的年紀了，跟著京劇的老師練功。」幫他們調基本功底的京劇老師大概都是在五、六歲的年紀就開始練的幼功。而鄭女士這一撥學生在十八歲左右的年紀，筋骨都已經硬了，所以要在短時間內撕拉開來是件非常受苦的事情。練的那段時日，例如想要上廁所，腳還痛到無法蹲下去。一到了分科就被選去演小生，所以對於旦角那些華貴晶亮的頭面、嬌娜的手勢身段都沒有接觸，只想著要如何將戲琢磨好。

因為在臺上是男角，不能有女孩子的音，為了將行當演好於是天天苦練。她笑了一笑，用纖長的手指，指向喉嚨：「所以我現在連平常說話都是

粗啞的。」練功房裡光影漸移，一滴汗落地要摔八瓣，在日升月落之間，他們的青春如此，不知度過多少汗淚交織的歲月。

演出時裝扮的其中一個步驟叫做勒頭，勒頭就是將眼角眉梢往上提拉吊起，能顯出精神，但卻是非常難受，許多人甚至會感到眩暈欲嘔，她說自己勒一段時間偷空就要趕緊放下來休息，否則頭疼不已。

劇團的演出並不少，時常在各地東奔西跑，出國住過四五星級的飯店，下鄉演出時也有蹲在地上吃便當的環境。天熱時唱小生旦角的大概還好，花臉和武生因為戲服厚重裡面甚至要穿棉襖或者紮靠，很容易因此而中暑。「我們薌劇呢草根性很強，演員也要適應力好。」和她聊天看到了不同的人生，以及對傳統文化命脈延續的付出與執著。

於是大幕隨鑼鼓聲拉開，在一段段才子佳人帝王將相的輪迴之中，流過了不知多少百轉千回，依著鑼鼓笙簫風流雲散。戲服底下受過的無數傷痕早已漸漸痊癒，也許成了一塊褪色的印子，一切都已淡然，而俗世正盛平。

唱戲過程如此艱辛，當問到是否曾想過放棄或者改行呢，鄭女士只笑著回道：「這種辛苦是任何言語難以去形容啊。」但是她仍然堅守數十年的時光，不離不棄。她是甘於清寂的戲子，在這方輪迴無數次生死愛恨悲歡離合的紅氍毹上，綻出最瑰麗的色彩。

編按：

這是正修科技大學第一屆「典範人物專訪寫作徵文比賽」首獎的採訪作品。撰寫者的文字典雅，清麗脫俗，文章中流瀉著戲曲的音調，從畫面中緩緩走出了一位投身地方戲曲的女主角。

所謂「典範」，是指你所選的對象其行為事蹟具有「品德」、「品質」、「品味」的修養或表現，足以影響他人，讓人學習效法。本文作者採訪的對象為中國福建省漳州市薌劇團小生鄭婭玲。在一次來校的機緣中，作者以側寫的方式，描述對鏡梳妝正準備上臺的演員，在言談之間，「臺上一分鐘，臺下十年功」，就在一筆筆妝顏的勾勒，帶領讀者走

進戲曲歲月的時空交錯。鄭婭玲女士學戲的過程辛苦、戲團生活的剪影以及唱戲與觀眾互動的面貌，鋪寫出人物採訪的切入角度。透過作者仔細的觀察，我們看到演員光鮮亮麗的背後是血汗的辛苦付出，這是對傳統文化的堅持，也是對人生負責的態度。

（二）〈「新春」、「如意」網路賣黑鮪揚名 APEC〉

唯一從未失敗的人是那些從未嘗試的人。　　　　　　　　　　**～契斯**

人文新聞：屏東有兩位太太名叫新春和如意，在網路上行銷東港黑鮪魚，以真空包裝、宅配保持黑鮪魚的新鮮度，創下數百萬銷售業績。家庭主婦成功在網路上行銷的故事，吸引國際 APEC 婦女領導人矚目，受邀出席會議，將向全世界的婦女分享成功的喜悅。

業者：「你要不要吃吃看，這是肉鬆口味的，不要怕胖，綠豆沙，不油膩，因為我們比你更怕胖。」不油、不膩、不會胖的客人邊吃趴她們邊說著，客人嘴裡吃的是新春和如意開發的低膽固醇黑鮪魚餅乾。綠衣服的她叫新春，白色 T 恤笑咪咪的是如意，兩個人加起來都快一百歲了，孩子大了，當社區媽媽學電腦，突發奇想架設網站，賣的是家鄉的黑鮪魚，怎麼也沒想到，不僅替她們賺了大把鈔票，還能出國名揚國際。鄭如意：「臺灣婦女的奮鬥還有認真，才能夠出國比賽啊，對不對。」許新春：「把我們成功的奮鬥史，分享給世界各地的婦女朋友。」

許新春：「他可以保持不退冰，還有這個保冷包。」如意手上裝的就是她們發明以真空包裝行銷的黑鮪魚，在急速冷凍冷藏下，一整年不壞，還能保持肉的品質和鮮美，每年賺上好幾百萬。兩個社區媽媽努力合作下，在快五十歲的時候，意外成了企業家，並代表臺灣出席 APEC 婦女會議，在外交上，成功跨出一步。鄭如意：「我們從小到大吃這裡長大的，對不對啊！」

在企業經營的世界裡，女性正在悄悄發動一場柔性政變……因黑鮪魚。

節錄自屏東縣政府《第七屆大武山文學獎》，報導文學類，許勝雄〈戀戀東港情〉

編按：

　　南臺灣的東港，有知名的風景區「大鵬灣」的開發以及「黑鮪魚」的推廣，使得這個南部小漁港一瞬間聲名大噪，成為國人所熟知的「黑鮪魚之鄉」。作者〈戀戀東港情〉一文，文章分為〈尋找東港小鎮生命力〉、〈海洋漁業的熱情招手東港三寶〉、〈海角新樂園大鵬灣〉、〈東隆宮沿革誌〉、〈迎王船平安祭〉、〈「新春」、「如意」網路賣黑鮪揚名APEC〉、〈山海呼喚，屏東傳奇〉等幾個段落，以簡明扼要的標題將內容重點提出，著墨在東港的地理位置、風景介紹、人文風土與物產介紹上面。作者力圖將東港的面貌介紹給讀者，又能將在地精神深化，並加入自己的觀察和情感，對鄉鎮未來的發展有中肯而中的的見解。

　　其中一個小標題〈「新春」、「如意」網路賣黑鮪揚名APEC〉，即是結合地方景觀、物產和人文為報導內容，能掌握住報導的精神。

（三）〈滾沸的林園〉

　　入秋的十月天，南臺灣卻仍高漲著炙人的「秋老虎」，透溼的短衫烘焗著一顆顆焦躁的心。今天晚上，他所熟知的村民在糾結著怨恨與憤怒下，竟一個個活似滾沸鍋爐裡躍動的氣泡……

　　聽說經濟部派來了一位工業局的組長，還有廠商聯誼會的祕書、「縣長媽媽」、黃鄉長和上次選舉來拉過票的林園縣議員都來了，討論的，就是石化工業區汙染了附近環境的居民賠償問題。時間一分一秒的過去，焦急的七村民眾也不知道進展得到底如何，只是議論紛紜的集結在汙水廠外，等待談判的結果出來。

　　「破裂！破裂！」群眾中閃電般的聲響，驚醒了打盹的阿爸。抬起手臂側著臉，阿爸抹了抹脣角的口沫，帶著惺忪的睡眼，就不由分說的隨著鄰人喊罵起來：「徵收阮的土地、汙染阮的漁港，閣不給阮做工的機會……」、「廠商黑心肝，照阮條件嘛，嘸者叫阮去死！」

　　汕尾三村、中芸四村，憤怒的耳語似乎在瞬間傳遍了這一個個典型的臺灣南部小鎮。只是工業區門外撐起了更多高懸的布條「毒氣殺手瀰漫，

誓死封閉」、「官商合汙人民苦」、「為子孫打拚」、「製造毒氣的工廠，非打倒不可」、「黑心的老闆，我們向你宣戰」……。白底黑字的憤怒、聲嘶力竭的宣洩了愁苦，可是，沒有人知道大家下一步要怎麼做……，左推右拖的到了這等田地，茫然不知的是環境的如何改善，而這些衝動的群眾更有著不知如何訴求的矛盾。

此時，他的腦海裡，突然想起大一必修課「政治學」上，老師才教過的人格系統對政治的影響：「一個人之人格能影響其政治行為，許多人的政治行為能決定系統的運作。」不管什麼影響、什麼決定和什麼運作，眼前鄉民們已盡是沸騰下爆裂的火花。居民組成的巡邏隊，早就顧不得什麼「逐步降壓降溫的漸進停俥」說法，個個放下手邊的工作把關守夜，並且四處強制工業區內的十八家廠商停工。就在這巨波狂潮下，終於為整個林園石化重鎮譜下了無奈的休止符。

節錄自《臺灣報導文學十家》，眭澔平〈海峽兩岸年輕的心〉

編按：

民國 80 年代，臺灣進入一個環保意識抬頭的時代，面對南臺灣的汙染，尤其以高雄縣的林園鄉石化汙染之嚴重，人民要求賠償、遷廠的議題，作者寫出居民抗爭時的情景，以文學筆法深刻的記錄人民的聲音。

作者眭澔平是知名的電視工作者，這篇〈海峽兩岸年輕的心〉主題是兩段式的文字，分別為第一部：「揮別林園深願石化汙染的林園不再是臺灣的夢魘」，以及第二部「看天田」，一寫臺灣環境汙染的夢魘，一寫北京天安門事件的政治夢魘，兩相呼應。本文節錄前半部，從一個年輕人對社會、鄉土、國家的看法，還原了他所見到的抗議場面、居民的形象摹寫，並加入個人對故鄉情懷的書寫。

題目中「滾沸」二字，雙關了南臺灣炎熱的天氣，以及抗爭場面的喧鬧沸騰，契合文章的主要內容，使讀者在看完文章後，似乎也感染此氣氛，情緒高昂不已。

（四）〈契角家族〉

如果我是鯨豚

　　行船海上做鯨類調查，若海上發現海豚，我常常覺得，要精確形容海上定點位置並不容易。船上的 GPS 是可以告訴當時的經緯度數值，但那一串數字對一般不常使用海圖的人來說，仍然只是一串可能代表著什麼意義的數字而已。

　　我通常會用穩定的岸上地標、方位加上離岸距離，來概述牠們出現的位置。譬如說，鵝鑾鼻東南外，離岸約五浬，發現一群花紋海豚。

　　出海航行到今天算一算也足足十六年了，我仍然覺得海與岸的距離其實相當迷離。離岸三浬、五浬或十浬，其實大都是以經驗判斷的一個估算值。海上闊邈邈，岸上判斷距離的經驗並不能完全適用於海上。有時感覺船隻離岸並不遠，但船隻以七浬時速竟然跑了一個多小時才遇見靠近海岸邊水色較為白混的沿岸流。的確，想得到正確的離岸距離非得翻閱海圖，比照 GPS 的船隻經緯度數值，才算得出正確的離岸距離。

　　與海豚相處多年的經驗中，最靠近岸緣出沒的海豚通常是飛旋海豚。比對了一下記錄資料，說是最靠岸平均也都離岸約三浬左右。一浬約一・八五公里，飛旋海豚只是比較靠岸，並不真正靠岸。

　　好幾次聽住在海岸邊的老人家形容過去他們看到海豚在岸緣海域出現的情況，他們說：「有啊，經常看到一群魚在水面竄跳，後面就看到追趕著的海豚。」或者說：「有啊，這個灣裡常常看見牠們進來。」

　　我常常想，那是多大的遺憾，魚群和海豚們都已漸漸離岸遠去。沒有食物，沒有乾淨、安靜的海水，牠們似乎不再願意貼近岸緣活動，不再願意繼續當我們的「厝邊隔壁」。

　　想想，那更是我的遺憾在我海洋的夢裡，是留下了這一段空白好像一件藝術品有了瑕疵缺角。

　　離岸大約三浬內，也就是所謂的沿岸流海域，在我的經驗印象裡，沿岸流海域常常是泥沙混濁的，有時還是油汙臭味的。我曾經告訴朋友說，

船隻從外海回來，就是閉著眼睛，用聞的也可以嗅覺到岸緣近了。這個海域日以繼夜承受著來自陸地河川、港灣帶下來的各種汙穢，就像一出門就不得不遇見了我們住家公寓邊的垃圾筒。

這個海域是離開陸地家門進入清明寶藍世界前，不得不經過的汙穢交界區。

這時，船隻通常挺挺朝外，似在奮力擺脫陸地岸緣的混亂不清的糾葛。一般我們對海豚的搜索，也都是在通過這一區後才算正式開始。

一位跟我們調查船出海的朋友說：「是喔，如果我是海豚，我也不願意在這一區生活。」

缺乏食物的海域

「墾丁海域鯨類調查計畫」是在恆春半島周圍海域進行。自從踏入這個海域開始，我就覺得這裡會是打破我對沿岸海域既有成見的地方。

這個半島沒幾條大川江河，加上對沖著幾股洋流，湍急的洋流像老天爺在沿岸海灣的水族箱定期換水一樣將混濁汙穢帶走，不間斷地輪替更換讓新鮮的海水進來這個海域經常水質清澈，用麗質天生來形容一點也不超過。

幾個航次後，我們失望了。

甚至我們決定將貓鼻頭至鵝鑾鼻夾挾的這泓美麗海灣，排除在可能發現海豚的範圍之外。

船長說：「是啊，魚都『砰』了了啊（炸光了），海豚進來做什麼？」

我們去灣裡浮潛過，如此美麗的珊瑚礁、如此清澈的海水，也曾經大翅鯨家族選擇這裡是牠們的休息場這樣優渥的自然條件只是，魚隻的確少得可憐、小得可憐。

一位跟我們調查船出海的朋友說：「是啊，水上摩托車衝過來撞過去的，如果我是海豚我也不願意冒險進來。」

看來我海洋大夢裡頭的那一個「契角」（缺憾），是無望在這個算是臺灣最有可能的海域獲得補償。

遇見黑潮裡的暴走族

二〇〇〇年六月二十九日，我得特別記下這個日子。

清晨，今天預計是繞鵝鑾鼻轉向東北區塊的調查航次，工作船出了後壁湖港，航經南灣海域，我還在甲板上忙著將繫岸卸解的船纜圈繞收拾定位，將碰墊輪胎從舷邊拉上甲板這是一個約十小時的調查航次，我們得做些航行的準備。

沒想到，才離港不久，塔臺上就嚷起來了：「海豚！海豚！」

我看了一下岸緣，判斷了船隻離岸距離與相對位置，心想：「怎麼可能？」我們才在小灣前，就那塊青蛙石西緣，離岸不過兩百公尺。

我心裡想：「看錯了吧！」

塔臺上掌舵的船長也懷疑說：「沒看錯吧，可能是旗魚起來摔？」這是雨傘旗魚漁季，偶爾會有幾隻雨傘旗魚在清晨時分被看見進入灣裡。

旭日東昇，大片熾亮光芒越過鵝鑾鼻矮山焚亮火熱了整個海灣，那幾乎不能瞠視的刺眼光芒，像是老天在海面上點燃了千萬支迎向東方的火燭。我回頭看，隨著望遠鏡指出的方向，瞥見了一根黑色片狀物匆匆劃過熾亮海面。像是一個潛水俠匆匆彎腰下潛。

還不確定，還不能確定是海豚，這樣的光熾中誤判的可能性相當大。

「確定！確定是海豚！」塔臺上又喊了。

這下子不上去不行，抓了望遠鏡碰碰撞撞爬上塔臺。船長繞了個彎，船隻返頭指回後壁湖港。

背著刺眼光芒，這下明明白白看到了約兩、三根黑色背鰭輪番切出水面。

「的確是海豚！」

是分散開來相當精明歷練的一小群海豚。

牠們一下船隻左舷探出水面，匆匆換個氣，就下潛大約兩分鐘左右不見蹤影……換成右舷這側，切出水面兩下……與船隻至少都保持一百五十

公尺以上的距離。

經驗告訴我，這是一群聰慧狡黠不容易靠近的海豚。

念頭一轉「必需吧！」膽敢進來船隻頻繁水上活動喧鬧吵嚷的海灣，沒三兩步七仔（高超的技術），不是藝高膽大是不敢冒然如此的。

清晨時分，灣裡零星才幾艘漁船，熱鬧繽紛的水上活動還沒開始。這時的南灣素靜得像是無粧無扮她原來的面貌。

這群海豚應該已經敏感到我們這艘船在尾隨跟蹤，牠們擺出捉迷藏的靈巧策略一下東、一下西船隻受牠們耍弄不得不繞轉圈子走走停停，像一艘腦子出了問題的漁船。

每次牠們浮出水面，我們只能做短短十秒鐘左右的觀察。

發現牠們、跟蹤牠們已經二十分鐘過去，還是無法辨認出牠們的身份。

並不是不能夠，若每次發現牠們浮出換氣，船隻大可加足馬力不顧一切的衝撞迫迫過去，或許趁牠們驚慌下潛前怔住的剎那，我們能夠利用這個僵住的瞬間近距離，辨認出牠們是何種海豚。

經驗告訴我們：「急不得。」

這是初見面，我們還處在初見面相互謹慎觀察的階段，衝撞只會提前結束邂逅的因緣。衝撞之後，可能就永遠斷了線。我們寧願珍惜、謹慎的和這群難得而且有可能是前來彌補我海洋缺憾的海洋朋友們交往。

船隻緩車，我們遠遠觀望讓牠們全然主動而我們被動配合，讓牠們來拿捏控制彼此間的距離雖然這灣裡長久以來是由我們人類所霸持。

我心裡頭主觀認為牠們是一小群飛旋海豚。經驗告訴我最靠近岸緣的只有飛旋海豚一種。這可能是一群藝高膽大的飛旋海豚。

不對！飛旋海豚體型沒這麼胖，沒這麼壯……飛旋海豚也很少看到會分散開來單獨行動，何況飛旋海豚總是忍不住要躍出水面飛旋炫耀一下。

已經三十分鐘過去……牠們沒有任何水面飛旋動作，連水面換氣都輕輕巧巧而且異常沉靜。

船長說：「昨天有漁船在灣裡抓到不少的『巴攏仔』（硬尾魚），會不會是魚群進來而吸引牠們跟進來吃『巴攏仔』。」

「巴攏仔」也叫「赤尾」、「硬尾」，體長約三十公分，以飛旋海豚的體型應該吞不下這種魚……

莫非……莫非……答案呼之欲出：「莫非是近岸型瓶鼻海豚？」我心想。

「是 aduncus！確定是 aduncus！」船上的博士專家看起來興奮極了。他以研究離岸型 tursiops truncatus 和近岸型 tursiops aduncus 兩種瓶鼻海豚為不同種海豚而獲得博士學位。他說：「這是第一次在臺灣海上看到自由而且活生生的牠們。」難怪他興奮如此。

博士專家也說：「這種海豚最親近人。」

但現場狀況根本不是這群海豚不只不容易親近，我直覺得牠們像一群冷漠的貓。

離岸型瓶鼻海豚在臺灣東岸的黑潮流域裡頭我們遇見過許多次魯莽、勁暴，像踩著風火輪永不疲倦的頑皮小子。我們常戲稱牠們是黑潮裡的「暴走族」像牛一樣壯，像牛脾氣一樣耍起性子來天不怕地不怕。

這一小群近岸型瓶鼻海豚，可是秀氣、聰點，客氣斯文多了。像貓，像貓一樣敏感、謹慎和優雅。牠們和船隻的互動關係和其他種海豚比較起來，可說是幾近冷酷。

若說牠們的個性是友善、是親近人的，那眼前的這一小群顯然是異常的。在陰陰冷冷躲躲藏藏的相處過程中，我感覺到牠們是在吞忍著、壓抑著。

不曉得牠們是否因為進入了這個由人類擅場作主的灣裡，而不得不，不得不忍氣吞聲，能閃則閃，儘量無聲無息的活動。

博士專家又說：「這種近岸型瓶鼻海豚是我們人類最熟悉的一種海豚，牠們的生活範圍幾近貼著海岸。多少人類與海豚的故事或傳奇，主角大都是牠們。」可以這麼說，這種海豚陪伴著人類歷史一路走來。

海洋公園、海洋世界裡被人類豢養訓練的海豚也大都是牠們。雖然說兩種瓶鼻海豚都曾經在水池子裡被豢養、被訓練，但訓練師說，比較起來近岸型的乖巧、聰明、聽話、適應力強；離岸型的則粗野、不馴、死亡率高⋯⋯

也許我們換個角度來比較這兩種海豚到今天，離岸型的繼續離岸粗野，牠們仍然自由自在的在黑潮裡弄波弄浪；近岸型的則悲慘多了，臺灣海域緣岸，牠們已經數量稀少，而且，在少數仍然水質乾淨的海域，牠們得謹慎、壓抑地過活，有點像是苟延殘喘地在過渡餘生。

這幾乎已經是不容否認的定理越靠近人類生活範圍生存的野生動物，越容易走上苟延殘喘的地步。

「啊！契角！契角在那！」

九點鐘左右，灣裡漸漸熱鬧⋯⋯牠們開始集合聚隊，原本分散開來的個體，這時集合成一群。我們趁機數了這個家族的個體數，牠們仍然謹慎，保持距離而且頻頻下潛，點數個體並不容易。所以約略估算這個家族成員數在十二至十八之間。和一般常見的海豚家族比較起來，這是一個小小家族。

這時，我們也辨認出其中幾隻的外型特徵其中有一隻壯碩的成體，牠經常出現在家族隊伍的前領位置，非常清楚的我們看到牠的背鰭尖端有一個凹刻缺角。

我們並沒有特地為牠或為這個家族命名，自然而然的，忘了什麼時候開始，每次這隻背鰭有缺角的海豚浮上來，我們總會一起高呼：「啊！契角！契角在那！」

自然而然，後來，我們就稱這個家族叫「契角家族」。

這個「契角家族」圓滿了我海洋大夢裡原本的「契角」缺憾。牠們不尋常的壓抑行為，也貼切的可以稱牠們為「契角家族」。

我多麼想奔走告訴所有朋友這個好消息墾丁的南灣裡有海豚！在臺灣，在這個年代，我們還有機會站在岸緣看到海豚！

　　考慮過後，我們決定不這麼做。當我一想到牠們在灣裡謹慎壓抑的模樣我感覺到牠們是想在這個灣裡隱形我們也不得不謹慎和壓抑我們擔心宣告這個好消息後，會讓牠們從此不得安寧，甚而銷聲匿跡。

　　後來，八月中旬，我們也在灣裡船帆石前近岸海域看到一群侏儒飛旋海豚。當時我們看到的情況是這樣的這群侏儒飛旋海豚群前面慌躁衝著跑著，後頭兩輛水上摩托車追著、趕著後來，後來再也沒看到這群臺灣海域難得一見的侏儒飛旋海豚。

　　契角家族們集合列隊，靜悄悄的開始往貓鼻頭方向游動。牠們將離開這個逐漸加溫熱鬧的海灣。

　　一艘漁船近距離旁過牠們……嘿！船上的漁人似乎專心掌舵沒看到牠們……替牠們鬆了一口氣……啊！前頭又兩艘香蕉船快艇衝著牠們來……牠們機伶的集體下潛避難……快艇近距離凌越牠們的天空，拖著白沫吵嚷離去……嘿！真讓人替牠們捏一把冷汗，快艇竟然沒看到牠們……接下來，看！貓鼻頭岬岩上十幾個人在垂釣……契角家族們靠近鼻岬不到一百公尺距離……我用望遠鏡觀察，垂釣的十幾個人、數十對眼睛，幸好其中沒有一隻眼睛看到牠們。

　　契角家族們的確是一群敏銳警覺的貓，牠們結伴小心翼翼的通過一道又一道的雷區。

　　終於轉出貓鼻頭，不止牠們，我都想重重地喘一口氣……這時，契角家族裡的一隻年輕成員，輕快鬆綁似地全身躍出水面……高高摔落下去，摔出水面大盆水花。

　　這才是牠們！

海豚的心中沒有「岸」

　　從此，船隻清晨一出港，還在灣裡的沿岸流裡，我們便舉起望遠鏡搜索。經常，沒讓我們失望，契角家族們出現在灣裡一樣拘謹小心，相同是一群貓樣的海豚。

　　我們常常形容說，這一對男女在「走」（交往的意思），我們和契角家

族也進入了交往的過程。每一次見面，牠們允許我們拉近一點距離，相當明顯的，一次就釋放這麼一點點。雖然如此，但我的感受絕不止是形式上的這一點點。想到第一個登陸月球的太空人阿姆斯壯，豪邁地說過這樣一句話「這雖然是我的一小步，卻是人類的一大步。」每次和契角家族拉近一點點距離，我心底都會生成那股豪邁驕傲的氣慨，我很想學阿姆斯壯說：「這雖然是我們和海豚間的一小步，卻是臺灣的一大步。」……雖然這件事正常平凡得一點都不豪邁。

經過了七個航次的接觸相伴，到八月四日那天的航次，牠們一個小伙子來到船邊不到十公尺距離，而且還翻轉肚皮，在船邊繞圈子嬉戲……當時位置當然不是在南灣裡，而是在牠們離開灣裡來到貓鼻頭外的白沙灣海域。

我們將幾個航次契角家族的航跡點畫在海圖上，判斷牠們通常應該是選擇在黑夜的遮隱下摸黑進入海灣……黎明過後當灣裡漸漸熱鬧，牠們集合，然後列隊小心翼翼地通過雷區離開海灣像交通船有固定的航班，走固定的航線我想這是為了安全與生存而不得不的自我設限。面對來自陸地的熱鬧與霸氣，牠們不得不壓抑如此。

想起來有點悲哀，當我想到「野生動物」這個名詞時，在我腦子裡出現的通常是自由自在、無拘無束徜徉在天地大海的一群動物。

說起來好笑，我們船隻常常陪著牠們，像水面上的一隻大貓，我們靜悄悄地陪著牠們穿越雷區。

繞過貓鼻頭，契角家族幾乎貼著岸緣游動，這一段是岩礁海岸，岸上沒有公路沒有人家，牠們放鬆了心情，恢復了本性。看！一條針鶴魚受到驚嚇，全身扭成蛇腰「S」型躍出水面，像在施展「蜻蜓點水」的輕功，水面快速點、點、點……多麼倉皇滑稽的姿態往岸緣逃命扭去……契角家族裡的一員，幾番水面輪動，潑濺出片片激昂水花，炮彈樣的尾隨追去……就是這樣！牠們本性應該如此自在才是！

船長說：「要擱淺了！要擱淺了！再追下去就上岸去了！」博士專家說：「不會！放心，這種海豚從來沒有擱淺記錄。」

　　牠們生活在岸緣，牠們腦子裡熟悉「岸」這個概念，所以，牠們知道哪裡是「岸」，知道牠們的活動界線在哪裡。大洋性的海豚心中沒有「岸」，曾經有過大洋性的海豚在外海被捕抓後放到水池子裡，沒想到這隻海豚一沾到水便高速衝撞起來，牠以為水池子是無遮無攔的大海，這隻海豚竟然筆直衝撞池壁碎裂而死。

　　想到「回頭是岸」這句話，我想契角家族的年輕小伙子們若不要命地衝向岸緣，牠們老一輩的一定會告誡說：「喂！回頭是海。」

　　好幾次在南灣、在貓鼻頭內側及外緣的白沙灣緣岸浮潛，幾乎每一次都遇見了當地人用以捕抓珊瑚礁魚類而施放的底刺網。

　　契角家族的前途堪虞，不僅水面上有衝來撞去的地雷，水面下也滿佈著陷阱。契角家族最多才十八個成員。已經夠謹慎、夠壓抑的契角家族們，我不曉得是否得讓契角家族們全身都套穿上盔甲，或者，期望牠們在水裡頭不用呼吸不用吃魚也能生存……牠們的前途看起來並不怎麼光明。

　　船長說：「若保護起來，契角家族將會讓南灣有享不盡的財富。」現實層面來看，的確如此，但如何保護牠們？

　　也許牠們等得到這一天當牠們在灣裡生活不用再縮躲壓抑而我們島上的所有人已經能夠看待牠們是朋友，我們經過努力，所有人都已確認如何正確的善待牠們……那時，我們才算已經準備好歡迎牠們回來灣裡定居。

　　理想和現實間總是距離遙遠。

　　幾天前看到一則蘭嶼海域發現大翅鯨的報導，標題是這樣寫的「大翅鯨回來了！」

　　我覺得不該冒然用「回來」這個字眼。

　　當我們緣岸海域提供了牠們賴以生存的「家」，才會有「回來」這件事發生。「回來」是得經過我們的努力與改變，而牠們又作了選擇。

　　事實和現況有一大段距離和偶爾路過出現的大翅鯨一樣契角家族雖然在南灣出現，但狀況不明，前途未卜。

渴望再看到牠們

不曉得牠們在那裡？

自六月二十九日的航次首度發現牠們，至八月二十七日的航次最後一次看到牠們，契角家族不見了。

是否魚群已經離開海灣，牠們沒有必要再冒險進來？

是否因為八月底颳了兩次颱風，緣岸海域巨浪滔天，牠們已經避災離開？

九月二十四日，車城海洋生物博物館海域，有一位建築工人看到離岸約五十公尺，有幾隻海豚追著一群魚；九月二十七、二十八日，連續兩天有人在南灣近岸看見三隻海豚……

不曉得是不是契角家族？

海上調查作業結束後，九月二十九、三十日兩天清晨，我帶著望遠鏡，開車從南灣一路繞到貓鼻頭外的白沙灣……很想再次看到牠們……很想確定前幾日被看到的是「契角家族」這群老朋友們。

車子彎繞在鼻岬邊的崎嶇小路，秋天的陽光豔麗，受東北季風影響海面有些細碎白浪，氣溫和暖不再燥熱，蜻蜓滿天飛舞，大概是秋風與人的蕭瑟感覺，我突然感覺到像是繞著天涯海角在尋找牠們。

站在岬角上，秋風颾颾，望遠鏡將海波細褶拉近如在眼前，近兩個月和牠們在這片海域相處的點滴一幕幕歷歷呈現……

在鼻岬上等候了一個小時，沒等到牠們，心情有些淒清惆悵。

選自廖鴻基《海洋遊俠：台灣尾的鯨豚》

編按：

這是一篇環保議題的報導文學，作者廖鴻基長年關注海洋，投身於臺灣鯨豚保育與觀察的工作，並成立了「黑潮海洋文教基金會」。這篇〈契角家族〉以鯨豚為寫作對象，這是在 2000 年，基金會得到墾丁國家公園委託執行為期一年的「墾丁國家公園鄰近海域鯨豚類生物調查研究」計畫報告下的產品。

作者以田野調查的精神，對墾丁海域做客觀的現況分析，文中加入當地村民的口說的第一手資料與自己親身的觀察結果，對鯨豚的生存環境做分析評論。接著以工作船偶見的一群鯨豚，生動的筆觸描寫了鯨豚的特徵、習性與姿態，帶領讀者認識並欣賞這群鯨豚的可愛與慧黠。全文以六個標題，將文章分為六個主題，主題之間，彼此連貫，文意一氣呵成卻又可彼此獨立。

〈契角家族〉的題目十分吸引人，好的題目，對於文章有畫龍點睛的效果。「契角」象徵缺憾、瑕疵、不完整的意象，代表我們對這片海洋的漠視，對生態的破壞和對生物的殘害。作家從自己的角度為這些生物請命，從牠們的眼睛看人類的世界，設想牠們應該如何衝破種種的不友善，在這片湛藍大海中生存下去。末尾，作者回到人類的世界，從人文關懷作結，留下值得人們反省與思考的餘韻。

文章中運用對話、自問自答、訪問的元素，加入想像與事實的穿插，有理論根據，有個人的經驗判斷，筆觸時而輕柔，時而緊湊，時而嚴肅，時而輕鬆，讓讀者似乎隨著海浪中鯨豚的潛游跳躍，在心情上亦有高低起落的變化。

單元 14　旅遊文學

陳祺助

　　本單元介紹「旅遊文學」，將先解釋「旅遊文學」的意義，繼而說明其含有什麼基本元素與表現哪些主要內容，最後，提示一些寫作「旅遊文學」的注意事項。

一　「旅遊文學」的意義

　　「旅遊文學」，係指內容與旅遊活動相關的文學創作。因此，要說明「旅遊文學」的意義，應當先解釋「旅遊」與「文學」二詞的意思。

　　「文學」本身是個很難定義的名詞，取其較狹義與一般性的用法來說，它是指文字書寫的藝術形式，內容涉及敘事、寫景、抒情、說理等方面的寫作；以文類而言，主要包括詩歌、散文、小說、戲劇等幾大類。

　　「旅遊」的意義，常與「旅行」不易分辨。有學者認為，「旅行」乃因人們出於現實的需要而必須遠離家鄉，是基於特定的目的所從事的遠行活動。熊憲光說：「人們最初出於現實的需要，從事經濟、政治、軍事和外交活動，或經商，或遷徙，或服役，征戰，或求學，或出使等等，都免不了遠途跋涉。」[1]因此，人們之所以會旅行，乃是迫不得已的。「旅行」具有實用的目的，其動機出自較為正式的事務，其性質倒是接近於「工作」。至於「旅遊」，可說是一種休閒的活動，它是對「工作」與「休閒」二個領域分開的一種宣示[2]。人們之所以旅遊，並沒有任何目的；如果有的話，休憩、娛樂、嬉戲、輕鬆等等旅遊活動本身，就是它自己的目的。此一意義的「旅遊」，與「觀光」大致相近。但是，

---

[1]　熊憲光，〈中國古代旅遊文學源流論〉，《西南師範大學學報》，第 4 期，1995 年，頁 99。
[2]　尤瑞（John Urry），《觀光客的凝視》，London: Sage，頁 2。

因特定目的或工作而出外旅行的人，未嘗不可在其旅途中，同時從事休閒嬉遊的活動，那麼，「旅行」的意義中，其實也包含著「旅遊」、「觀光」的性質在內。因此，本書對這三個名詞，不做過度嚴格的區分。

文學創作中，多的是與旅遊無關的內容；旅遊或觀光的人們，當然也不必都會從事寫作。但當人們去旅遊的同時，又自覺地以具有藝術價值的文字書寫形式來記錄關於旅遊活動的一切，就成為「旅遊文學」。凡是兼具旅遊性質與文學性質的作品，如遊記、山水詩等等，都是「旅遊文學」。至於一些專門為旅遊活動而寫的介紹書籍，如旅遊指南，旅遊情報誌，導覽手冊等等，廣義地說，也都可以列入「旅遊文學」的範圍。但由於後者的寫作需要較豐富之多樣的專門性知識，初學者寫作「旅遊文學」時，以先學習前者較佳；而本書的編撰，其討論的對象也以前者為主，偶爾才兼及後者。

二 「旅遊文學」的基本要素

旅遊者前往別的地方，沿途耳聞目睹了種種自然景物、名勝古蹟、風土人情、歷史掌故、現實生活等等，同時引發了內心的所思所想，發而為詩文，乃構成「旅遊文學」的創作。可見，「旅遊文學」包含三個方面：所至、所見與所感。旅遊時實際所到的全部途程，即「遊程」；遊程中所見的一切，即「遊觀」；作者的觀感，即「遊感」，三者乃構成「旅遊文學」的基本要素。

（一）遊程

旅遊活動本質上是遊人在空間上的移動，而空間的位移即蘊含著時間的遞移。旅遊者旅行以期得到遊覽觀賞的樂趣，而在時間遞移中經歷空間移動的過程，是為「遊程」。「旅遊文學」的創作，應該建立在作者實地遊覽，親自見聞的基礎上，也就是要真有「所至」，才談得上有「所見」、「所感」（但學界有人認為旅遊寫作也可以虛構，不一定要實地遊覽，對此，茲不討論）。何人在何時、到何地旅遊，是此類作品必備的

內容。傳統遊記的作者有時也會提到同遊者，如蘇軾〈前赤壁賦〉開頭說「壬戌之秋，七月既望，蘇子與客泛舟遊於赤壁之上」，短短三句便交代了遊程中旅遊的人物、時、地與同遊者等元素。作者實際的遊程，是「旅遊文學」創作的基石。

（二）遊觀

　　旅途中的景物包括自然景觀與人文景觀的一切都屬於「景」，是遊者所見所聞的對象、客體；旅遊主體實際遊覽以觀賞旅遊客體的活動，是為「遊觀」。旅遊活動的進行，就是主體以其身心全體不斷地投向客體，同時，客體的內容也不斷地被融攝於主體中，最終達到主客合一（如柳宗元〈始得西山宴遊記〉中所說的「心凝形釋，與萬化冥合」）的境界之過程。當客觀的景物因遊者的觀賞，而呈現於主體的身心之中，便成為他的實際旅遊經驗。作者遊觀所得的經驗，構成其旅遊作品之具體而現實的內容；缺乏實際所見的景物之描寫，一篇作品的內容勢必乾枯空洞。

（三）遊感

　　山光水色的景貌，花草鳥獸的情態，賢人君子的遺跡，天文地理的法象，人心風俗的樸陋等等，固然是旅遊文學所宜描繪的對象，但不能僅止於此，更重要的是，在山山水水的遊歷與描繪中，作者要能傳達個人的情志與感悟。人所以貴為萬物之靈，乃以其心性。當面對宇宙自然，登臨江山勝跡時，其心自會油然而生種種感思：或為審美性的感悟，或為哲理性的思辨等等。人心因旅遊所見所聞而引發的感思，是為「遊感」。人心幽微的情志因山水之佳景而彰著，山水佳妙的景致也因人心的運化而朗現。人的精神具象化於實體性的客觀景物，同時，自然也化身成為具有靈性的精神實體，如酈道元《水經‧江水注》最後說「山水有靈，亦將驚知己於千古矣」，自然已不再是冷漠無情的土塊水流而已！竟是遊人千載之下，旦暮所遇的知心好友了！在旅遊的感思中，人與自然達到最高層次的合一境界，「遊感」是旅遊文學提升到最高度的元素所在。

遊程、遊觀、遊感三者在「旅遊文學」中，恰好構成一個由下而上、依次遞升的金字塔結構。因此，有學者以人的生命為喻，說：「遊程是骨骼，遊觀是血肉，遊感是靈魂；無骨不立，無肉不豐，無魂不活。」[3]一篇完整的「旅遊文學」作品，應該同時包含這三個基本元素。

三「旅遊文學」的主要內容

文學創作最常表現的內容，是敘事、寫景、抒情或說理，「旅遊文學」當然也如此。若進一步加以分析，則在「旅遊文學」中所表現的事態、景物、情思或道理，其具體內涵，則主要有審美、哲學、宗教、政治、文化、民俗、科學知識等幾方面。

(一) 審美性的意涵

美感乃是文學有別於人類文化中，其他領域的學科之最根本的特徵，對「旅遊文學」來說，審美的意涵更是其核心的內容所在。從常識來看，人們在談論旅遊活動時，最常問的問題不外是：「去旅遊的地方景色美不美？」由此可見一般。以袁宏道〈晚遊六橋待月記〉為例：

> 西湖最盛，為春為月。一日之盛，為朝煙，為夕嵐。今歲春雪甚盛，梅花為寒氣所勒，與杏桃相次開發，尤為奇觀。石簣數為余言：「傅金吾園中梅，張功甫玉照堂故物也，急往觀之！」余時為桃花所戀，竟不忍去湖上。由斷橋至蘇堤一帶，綠煙紅霧，彌漫二十餘里。歌吹為風，粉汗為雨，羅紈之盛，多於堤畔之草，豔冶極矣。然杭人遊湖，止午、未、申三時；其實湖光染翠之工，山嵐設色之妙，皆在朝日始出，夕陽未下，始極其濃媚。

作者用「奇觀」稱讚春天桃花盛開時的西湖景色之美，卻發現這個詞還不夠看；於是又用「豔冶極矣」形容它，仍覺不足以盡其美；最後再用「始極其濃媚」讚嘆之，才稍稍可以盡其心中之意。穿插在這三個

3　梅新林、崔小敬，〈遊記文體之辨〉，中國文學網，中國社會科學院文學研究所。

詞之中的，則是作者描繪梅花因為受到寒氣壓抑，所以遲至春天才與杏花、桃花相次開放，將西湖點綴得美不勝收，以及在湖光之「工」、山嵐之「妙」的吸引下，遊客如織，擁擠人潮多到「歌吹為風，粉汗為雨」的情形，而作者更因此而婉拒了朋友邀往他處賞梅的催促。其於西湖之美的描繪，淋漓盡致，誠能帶給讀者如臨其境的感受。

（二）哲學性、宗教性的意涵

　　旅遊時，人處處與客觀景物直接接觸，在觀賞自然之美時，往往不能不引發關於人與自然之關係的探索；登臨古蹟之勝時，也很難不興起我與古人之關係的感思。於是，當其發而為文，乃多重在抒發人生哲理的感悟。陳子昂〈登幽州臺歌〉「前不見古人，後不見來者；念天地之悠悠，獨愴然而涕下。」全詩無一字寫景，而其慷慨悲涼、蒼茫雄渾的情緒，則充分流露了如哲人般之弔古傷今的感傷與悲天憫人的胸懷。蘇軾的前後〈赤壁賦〉當是傳統遊記中，最富有哲學意涵的篇章。茲舉其前篇為例：

> 逝者如斯，而未嘗往也；盈虛者如彼，而卒莫消長也。……蓋將自其變者而觀之，則天地曾不能以一瞬；自其不變者而觀之，則物與我皆無盡也。

　　作者穿透了江水之不斷流逝、明月之盈虛圓缺的表面現象，洞見了變動不居的表象內具有著恆常不變的本質，因此，乃領悟了個體總有一天雖然會消逝，然而生命的精神意義則永恆常在的道理，由此而解消了因生命短暫而傷悲不已的友人心中的憂愁。整篇〈赤壁賦〉在宇宙、歷史、形而上等方面的思考與探索所呈現的哲理深度，是其他傳統遊記所不可企及的。

　　人們之所以會從事旅遊活動，最先的出發點可說是想過個與平常的我不一樣的短暫生活，用比較哲學性的說法，也就是想要打破生活一成不變的我、超越現實的我，而將自己投向宇宙，渾合於其中，以實現另一全新的、超越的我。在自然與人文之景物中感悟哲理，在觀賞、搜奇

與尋求理趣的過程中，主體與客體漸漸融合為一，這就是中國古代「天人合一」的宗教境界。在傳統遊記中，有很多佛徒、道士的作品，由於其常以宗教的角度來觀看自然，並審思人生意義，因而賦予遊記以宗教的內涵，如慧遠的〈廬山記〉、〈廬山諸道人遊石門詩序〉等。在追求超越的人生時，人已表現了形而上的哲思，更且進入了宗教的體驗境界。

（三）政治性的意涵

在發現自然的奇妙瑰麗、賞玩江山的雄偉壯美之時，人們很難不對照著自己日日身處其中的社會來看，而對其汙濁醜陋的現實深惡痛絕。尤其，當今世界環境惡化的情形極度嚴重，許多的旅遊圖書、導覽，特別是與旅遊相關的視聽媒體，都表現出對政府、對企業等大體制的反抗意識，具有充分的政治性意涵。旅遊的某種意義，正是遊人企圖擺脫濁惡的現實，以尋求一個美麗的「桃花源」之行動。柳宗元因參與王叔文的政治革新運動失敗，被貶謫永州，昔日的政治理想完全破滅，心情困頓抑鬱。再加上永州地處偏荒，氣候溼潤，蠻人蠻語溝通不便，這些因素全使得他的心志更加消沉。落寞的靈魂，寄情於山水之中，他的〈永州八記〉本質上帶有濃厚的政治反抗意味。

（四）文化性、民俗性的意涵

旅遊經常必須長途跋涉，遠道征馳，前往陌生的世界，探尋未知的天地。他鄉異域特有的風俗民情，奇族別類各殊的生活文化，無一不讓遊者感到新鮮、好奇，而深受震撼，直嘆世界真奇妙！表現本土、他鄉與絕域之異國的文化民俗，自然成為「旅遊文學」常見的內容。唐代玄奘的《大唐西域記》與南宋陸游的《入蜀記》、范成大的《吳船錄》等，都有頗為豐富的風俗民情的紀錄。而清初巡臺御史黃叔璥的《臺海使槎錄》一書，絕大多數的內容為《番俗六考》，就是其遊歷臺灣西部平原所見所聞之平埔族習俗的考察紀錄；與他同行的滿人御史六十七之《番社采風圖》一書的篇幅雖短小，卻圖文並茂地展示了當時平埔族生活的多方面情形。當代作家余秋雨的《文化苦旅》一書，更直接以「文化」

為名。茲舉一段為例[4]：

> 從那一個人口密集的城市到這裡，都非常遙遠。在可以想像的將來，還只能是這樣。它因華美而矜持，它因富有而遠藏。它執意要讓每一個朝聖者，用長途的艱辛來換取報償。

作者自居為一個「朝聖者」，來到莫高窟這個「文化聖地」朝聖。即使朔風已是鋪天蓋地，鼻子凍得通紅，也是心甘情願，因為，他恨不得自己能早出生一個世紀，可以為莫高窟文化的保留多盡一些力。對於莫高窟文化被摧殘的感慨，已充分溢於言表。

（五）知識性的意涵

山脈水文、人文聚落等，自有其形成的原因。遊者親臨一地，能有機會考察其實際發展的經過，認識其所以然的原理，遊玩的同時，也增廣了知識見聞。旅遊具有知性的內涵，本是人類天生的好奇心自然的流露所使然，因此，「旅遊文學」中也常見富有知識性的地理學、科學之內容。《水經注》是古代的「旅遊文學」中，融合知識性與藝術性於一爐成功的典範；明代日記體長篇遊記《徐霞客遊記》則將這兩者的結合推向極致。而清初郁永河的《裨海紀遊》，其書中關於「臺北古大湖」一段的紀錄與描寫等，印證了 20 世紀地質學家的推測，最值得一提。他說[5]：

> 初二日，余與顧君暨僕役平頭共乘海舶，由淡水港入。前望兩山夾峙處，曰甘答門，水道甚隘，入門，水忽廣，漶為大湖，渺無涘。……張大云：「此地高山四繞，周廣百餘里，中為平原，惟一溪流水，麻少翁等三社，緣溪而居。甲戌四月，地動不休，番人怖恐，相率徙去，俄陷為巨浸，距今不三年耳」。指淺處猶有竹樹梢出水面，三社舊址可識。滄桑之變，信有之乎？

4　余秋雨，《文化苦旅》，臺北：爾雅出版社，1992 年，頁 15。
5　清・郁永河，《裨海紀遊・卷中》，臺北：臺灣銀行經濟研究室，1959 年，頁 23。

　　科學家從土壤樣本的顏色與含鹽濃度的分析，推斷臺北盆地曾經因為大地震造成陸沉而陷落，並因海水倒灌而形成鹹水湖；後經河流沖積，才漸漸形成盆地。距今最近兩次的地震時間，分別發生在大約一千年前和三百年前左右。康熙 36 年（1697 年），郁永河來到今天的臺灣北投地區採硫磺。農曆 5 月初二，船隻由淡水港進入臺北，過了今天的關渡（甘答門），狹隘的水道忽然變成看不到邊際的大湖泊。嚮導張大說，大湖是在郁永河來時之前的三年，即康熙 33 年（1694 年），因地震才形成的，這與現代地質學家推測地震發生在三百年前的時間之說，大致吻合。也因此，郁永河的遊記，堪稱為科學實證、歷史紀錄與文學藝術的完美結合之例。

　　「旅遊文學」實際呈現的內容，琳琅滿目，不一定只限於上述幾項，本書僅舉其犖犖大者來說明而已！

四 「旅遊文學」寫作的注意事項

　　認識了「旅遊文學」的基本元素與主要內容之後，初學者實際寫作時，應注意一些事項。茲略述其要項如下：

（一）一篇「旅遊文學」的作品，理應兼含遊程、遊觀、遊感三個基本元素

　　若依作者所欲表現的企圖，在三者的描寫上，其詳略輕重，宜有所不同。如欲表現對象詩情畫意之美，則宜偏重遊觀的描寫；若要傳達主體情感思理之致，則宜偏重遊感的抒發。至於行程遠、歷時久的旅遊，適合以日記體表現者，則遊程的紀錄當然十分重要。

（二）遊程是此類創作的基礎，不可缺少

　　描寫旅遊的事情，自然離不開遊蹤的記寫，雖然如此，這並不意味著必須將旅遊過程都鉅細靡遺地記錄下來，因為，文學創作畢竟不是遊玩的流水帳。另外，詩歌的寫作由於形式上的限制，內容往往難以充分

記述遊程，這時，可以利用「詩序」來記錄。

（三）遊觀的描繪必須充實詳細，並能儘量地抒寫遊感

遊程中的見聞經驗是「旅遊文學」作品的「血肉」，同樣不可或缺。缺乏客觀景物的描寫，只剩下空洞的骨架，無法構成一篇作品。但是，缺乏遊感的抒發，「旅遊文學」也就不能表現深刻的意蘊與內涵，而無法達到最高的境界。

（四）內容取捨必須得宜，主旨必須明確

「旅遊文學」中表現審美、哲學、宗教、政治、文化、民俗、科學知識，乃至於其他種種方面的意涵，內容包羅萬象，但，這不表示每一篇作品中都要將其全部包含在內，寫作時必須有所取捨。原則上，作品的主題宜先定位清楚，才知道哪些內容適合去表現。

（五）不宜過度偏離文學性

「旅遊文學」既是「文學」，則文學創作所講究的美感藝術，畢竟是其本質。長篇鋪敘知識紀錄的作品，那和百科全書何異？充斥批判現實、反抗體制的意味，不就成了選舉文宣？過度發揮宗教哲思，則何不直接寫學術論文？如：宋代理學家張栻的〈南岳唱酬序〉，在遊賞之餘，不忘發揮「喪志」的理論，道德說教的意味稍重，乃略為削弱了作品的藝術性。

（六）做好相關的旅遊「功課」

行前，宜蒐集旅遊景點的相關資訊；途中，宜多聽專家、導遊的導覽介紹；事後，必要時也須參閱相關的基本資料。景點的自然生態、人文歷史等，雖然未必是將來寫作的重點或內容所在，但，與之相關的知識在寫作時，卻具有重要的支援與輔助作用。試想：如果一個來到澎湖的遊客，聽到導遊口中說出「康熙皇帝派施琅攻打臺灣時，在澎湖大敗了鄭成功……」的話時，卻不知清、鄭在澎湖大戰時，鄭成功早已逝世，則當他實際寫作時，恐怕就會出現貽笑大方的內容。